Aufstand der Nekromanten

Die Steine von Amaria Buch 4

Lindsey R. Loucks

Aufstand der Nekromanten

Autor: Lindsey R. Loucks

Umschlaggestaltung: Danielle Fine

Die originalausgabe erschien 2020 unter dem Titel "Necromancer Uprising."

Autor: Lindsey Loucks

2950 NW 29th Ave, STE A624925

Portland, OR 97210

United States

lindsey@lindseyrloucks.com

KAPITEL EINS

DIREKTORIN MILLINGTON WAR NIRGENDS zu finden. Ich rannte durch die Schule und suchte überall, ging sogar zurück zu Ramseys... Leiche..., um den Schlüssel zu ihrem Büro zu holen, den er freundlicherweise bei sich hatte. Drinnen fand ich eine offene Falltür, die zu einem unterirdischen Tunnel und dann nach draußen führte. Aber sie war weg, ganz wie es die Art des Gestaltwandlers war. Nicht einmal die Professoren wussten, wohin sie gegangen war.

„Ich habe ihr einen Raben wegen Professor Woolery und Ramsey geschickt", sagte Mrs. Tentorville, die Bibliothekarin, mit Tränen in ihren haselnussbraunen Augen zu Professor Lipskin. „Ich kann mir nicht vorstellen, was wichtiger sein könnte, als unsere eigenen Leute zu beerdigen."

Ich hielt meinen Mund. Die Direktorin könnte sich selbst belasten, da meine Anschuldigungen nur für Verwirrung sorgen würden, und die Akademie hatte schon genug davon.

Es dauerte mehrere Tage, bis ich meine Wut so weit losgelassen hatte, um um Professor Woolery zu trauern – aber nicht um Ramsey. Ich wollte nicht glauben, dass er wirklich tot war, da ich immer noch die sechs Steine hatte, in denen ich seine Seele gesammelt hatte, oder zumindest dachte ich das. Ich hatte keine Möglichkeit zu wissen, ob es wirklich funktioniert hatte, bis die Steine aktiviert wurden, und die einzige Person, die ich kannte, die das tun konnte, schwebte immer noch vier Fuß über ihrem Bett, Ryzes Onyxstein fest in der Hand.

Zwei kurze Monate lang blieb ich in meinem Zimmer mit Nebbles eingesperrt, während ich in meiner Wut schmorte und Strategien für den kommenden Krieg entwickelte. Ich gab es auf, zum Unterricht zu gehen und mir Sorgen um Hausaufgaben zu machen. Da ich so viel verpasst hatte, sah ich keinen Sinn mehr darin.

Wenn Jon und Echo nicht gewesen wären, hätte ich mich von meinem Zorn verschlingen lassen, hätte in einer dunklen Leere existiert wie nach Leos Tod. In gewisser

Weise tat ich das wohl immer noch, aber sie halfen mir, die Last der Trauer zu tragen, und weigerten sich, mich damit allein zu lassen.

Weshalb ich gerade dabei war, einen Tötungszauber auf Jon in den Katakomben zu werfen.

„*Occidere.*" Schwarzes Feuer, das von noch dunkleren Adern durchzogen war, schoss aus meinen Handflächen und raste auf seinen Kopf zu. Oder genauer gesagt auf den leuchtend grünen Wurm, der von der Decke gefallen war und sich an ihm festgesetzt hatte. Er explodierte in leuchtend grüne Eingeweide, die sein Gesicht bespritzten.

„Jap." Er wischte es mit seinem Ärmel ab. „Danke dafür."

„Geht's dir gut? Hat er dich gebissen?"

„Ich weiß nicht", sagte er und fühlte seinen Kopf ab. „Würde ich das sofort merken?"

„Oh ja."

„Dann glaub ich, bin ich okay." Er atmete erleichtert aus. „Nochmals danke."

Von einer nahegelegenen Wand aus Knochen blies Echo den Staub von einem Namen, der auf einem Grab eingraviert war. „Hugh Jass. Armer Kerl. Es tut mir so leid, dass das dein Name ist. Kannst du dir den Spott vorstellen?"

„Rate mal, wie sein Zwilling hieß?" Während er Wurminnereien von seinem Gesicht wischte, überflog Jon die Seite des riesigen Buches, in dem alle auf der Nekromanten-Akademie Begrabenen aufgelistet waren. „Lar Jass."

Echo stöhnte. „Wer wäre so grausam, seine Kinder so zu nennen?"

„Öffnet bitte beide?", bat ich. Ich drehte ihnen den Rücken zu und ließ mein dunkles Licht – die einzige Beschreibung, die mir einfiel – in meiner Handfläche aufblitzen. Meine graue Magie war schwarz geworden und erhellte die intensive Dunkelheit um uns herum nur leicht. Ramseys Seele zu spalten, gehörte zu den schwärzesten aller Zaubersprüche. Genauso wie die Tötungszauber, die ich in den Wochen seit der Erinnerungsgranate an wiederbelebten Pflanzen und grünen Würmern geübt hatte. Mein Dolch würde nicht ausreichen, nicht wenn ich in den Krieg gegen meine Feinde zog. Ich war dunkler und dunkler geworden, nur noch ein Schatten meines früheren Selbst. Aber Schatten sind so hartnäckige Dinge, klammern und folgen immer. Was genau das war, was ich vorhatte.

Jon und Echo zogen an den verzierten Griffen der beiden Särge, und sie rollten aus der Knochenwand heraus. Staub wirbelte auf und erstickte die Luft, und Jon ver-

fiel in einen Hustenanfall, während Echo den Staub weg-
wedelte.

„Sind sie da?", fragte ich und versuchte, über meine
Schulter zu schauen und gleichzeitig unsere Umgebung
im Auge zu behalten.

„Ähm…" Echo bedeckte ihre Nase und ihren Mund mit
ihrem Umhangärmel und beugte sich näher heran. „Ja!
Hugh hat zwei gute."

Ich atmete erleichtert aus. „Den Göttern sei Dank."

Wir hatten seit Wochen nach einem noch intak-
ten Zwillingsauge gesucht, vorzugsweise von jemandem,
der es nicht vermissen würde, wie jemand, der in den
Katakomben begraben lag. Und wir brauchten es jetzt.
Gerüchten zufolge war Ryze unterwegs, um den fünften
Stein zu zerstören, was bedeutete, dass er weg von seiner
Festung war. Genau, fünfter Stein. Die vorherigen vier
waren bereits zerstört worden.

Jon drehte sich um, um mit mir die Dunkelheit
abzusuchen. „Nimm es und lass uns gehen. Dieser Ort ist
verdammt unheimlich, und das will was heißen."

„Mhm." Echo kramte in ihren Taschen. „Gib mir nur
eine Sekunde, um es herauszulöffeln."

„Bitte ohne Kommentare." Jon schüttelte heftig den
Kopf und presste die Lippen zusammen, sah ein bisschen grün aus, obwohl das auch an den Wurminnereien

liegen könnte. „Einem Toten die Hände abzuschneiden ist eine Sache, aber ein Auge? Ich hab gerade erst zu Mittag gegessen."

„Ja, ich auch, und du siehst mich nicht jammern." Echo grunzte. „Oh wow, das sitzt wirklich fest drin."

Ich verzog das Gesicht. Ich brauchte die Details auch nicht wirklich. Es war schlimm genug, dass ich es mir ins Gesicht halten müsste, und es würde sich praktisch in mein Auge absorbieren oder damit verschmelzen, damit ich den Zauberspruch sagen und durch die Haut jeder beliebigen Person gehen könnte, oder im Grunde genommen ihr Zwilling werden, ob sie einen hatten oder nicht. Muss sagen, die Vorstellung vom Hautgehen ließ mir die Nerven gefrieren. Ich war bisher nur zwei Personen gewesen – Dawn vor Leos Ermordung und Dawn danach – und ich war sie so lange gewesen, dass ich nicht wusste, wie man jemand anderes sein konnte.

„Okay... da", sagte Echo. „Soll ich sicherheitshalber beide mitnehmen?"

„J-"

Die Glocke um meinen Hals begann zu läuten, die, die nur läutete, wenn jemand Wiederbelebtes in der Nähe war. Ein ziemlich häufiges Vorkommnis hier unten in den Katakomben. Trotzdem stellte ich mich schützend vor meine Freunde, jeder Muskel in meinem Körper angespannt.

„Das ist ein Nein", murmelte Echo, ihre Stimme angespannt. „Dafür ist keine Zeit."

Sie und Jon rollten die Särge schnell zurück in die Knochenwand.

„Lasst uns gehen", flüsterte Jon und schnippte seine beigefarbene Magie in seine Handfläche.

Echo tat dasselbe.

Wir drei bewegten uns leichtfüßig den Pfad entlang in Richtung des Riesenschädels, wie eine Einheit. Meine Ohren spitzten sich nach jedem anderen Geräusch als dem Läuten der Glocke und meinem hämmernden Herzschlag. Wir hatten die mysteriöse verhüllte Gestalt, auf die Ramsey und ich gestoßen waren, nie gesehen, nur umherirrende Skelette, die wiederbelebt worden waren und nie wieder zur Ruhe gelegt wurden. Es war nur eine Vermutung, aber diese verhüllte Gestalt könnte Schulleiterin Millington gewesen sein, die Todesflüche auf uns warf, weil wir dem hier unten versteckten Stab von Sullivan zu nahe kamen. Jetzt war das offensichtlich keine Sorge mehr. Ryze hatte den Stab, sagte, er sei ihm gegeben worden, wahrscheinlich auch von Schulleiterin Millington.

Mein Blut kochte vor giftiger Wut jedes Mal, wenn ich an sie dachte, was jede einzelne Sekunde der Fall war. Ein Teil dessen, dem ich mich in den letzten zwei Monaten gewidmet hatte, war zu lernen, ihre magische Signatur auf ähnliche Weise zu erkennen, wie das Ministerium für Strafverfolgung Magie an Tatorten aufspürte. Anstatt jedoch wie das Ministerium Feenstaub zu verstreuen, klopfe ich an einen Schädel. Nicht meinen, nur irgendeinen kleinen, den ich draußen gefunden und in meiner Tasche aufbewahrt habe. Laut dem Buch der Schwarzen Schatten, wo ich diesen kleinen Tipp aufgeschnappt hatte, hinterlässt alle Magie eine Spur, und sie kann durch Klopfen an einen Schädel gerochen oder gefühlt werden. Oder durch eine Blutbindung wie Jon, Echo, Ramsey und ich sie haben. Da ich sofort wissen wollte, wenn sie in der Nähe war, hatte ich einen Zauberspruch gelernt, der den Schädel für mich kontinuierlich und lautlos mit einem Knochenfinger antippte. Nicht einem von meiner Totenhand, die ich auch in meiner Tasche hatte. Ich sollte vielleicht darüber nachdenken, größere Taschen zu besorgen.

Mit Ramseys Schlüssel zum Büro der Schulleiterin hatte ich Spuren ihrer magischen Signatur aufgenommen - nasses Fell und eine Art leeres Gefühl. Offensichtlich hatte sie den Stab von Sullivan nicht benutzt, um sie hier zu maskieren, das einzige Objekt, von dem ich wusste, dass es so etwas tun konnte. Sie hatte ihn benutzt, als sie Leo tötete. Wenn ich ihre Signatur wieder wahrnehmen würde, würde ich zuschlagen und sie dann Stück für Stück für den Mord an meinem Bruder zerstören. Dafür, dass sie die gesamte Nekromanten-Akademie betrogen hatte. Dafür, dass sie vorgab, sich zu kümmern.

„Atme, Dawn", murmelte Jon und ließ seinen Blick über unsere Umgebung schweifen, während wir uns bewegten.

„Ich versuche es." Ich fragte mich kurz, ob er und Echo unsere Blutbindung bereuten, die unsere magischen Signaturen und unsere Emotionen preisgab. Wenn ja, sagten sie es nie, und die Blutbindung deutete nie auch nur einmal auf Verärgerung hin.

Ich atmete tatsächlich - aber es stockte im nächsten Moment. Weitere Geräusche gesellten sich zu dem Läuten der Glocke um meinen Hals, gestaffelte Fußschritte, die aus drei verschiedenen Tunneln kamen. Diese Tunnel plus zwei weitere liefen in einem großen Bereich zusammen, der mit brüchigen Knochen über den Boden bedeckt war, und wir befanden uns zufällig genau in der Mitte davon.

„Geradeaus. Los", flüsterte ich.

Ich war mir nicht sicher, ob wir es mit drei Wiederbelebten auf einmal aufnehmen konnten, und ich wollte es nicht herausfinden.

Der erste kam direkt auf uns zugestürmt, ohne Kopf, schwarze Stofffetzen klammerten sich an seinen knöchernen Körper.

„*Revertere ad mortem*", rief Jon.

Das Skelett zersprang in Teile, und die Kraft brachte den Tunnel darüber zum Einsturz.

Der zweite und dritte Wiederbelebte brachen gleichzeitig aus ihren Tunneln hervor.

„*Revertere ad mortem*", schrie ich in Richtung des zweiten, aber ich verfehlte ihn und traf die mit Schädeln gefüllte Wand, die von grünen Würmern wimmelte. Der Rückkehr-zum-Tod-Zauber ließ sie in grüne Stückchen explodieren, obwohl ich bezweifelte, dass sie wiederbelebt waren. Magie war mit Ryzes Rückkehr immer noch etwas wackelig.

Der dritte Wiederbelebte prallte hart gegen Jon und schleuderte ihn durch die Luft. Er landete mit einem schmerzerfüllten Stöhnen auf der Seite.

„Jon!", schrie ich.

„Alles gut", stöhnte er.

„Komm schon, Knochenkopf." Echo lockte den Wiederbelebten mit einer Fingerbewegung von ihm weg, ihre Lippen zu einem höhnischen Lächeln verzogen und ihre blauen Augen funkelten vor dunklem Vergnügen.

Zaubersprüche zu werfen war ihr letzter Ausweg. Sie bevorzugte den physischen Kampf bei weitem.

Über ihrem Kopf kam ein weiterer durch einen der Tunnel. Und noch einer im nächsten Tunnel mit zwei weiteren dahinter, und noch ein anderer im Tunnel neben Jon. Wir wurden in einen Hinterhalt gelockt.

„Revertere ad mortem." Ich richtete den Zauber auf den Tunnel mit drei Wiederbelebten darin, und der Zauber ließ ihre Knochen explodieren und schleuderte mehrere Knochen über den Boden.

Der, der sich mit Echo maß, stürzte sich auf sie, seine Hände griffen nach ihrer Kehle. Sie holte mit der Faust aus.

„Revertere ad mortem", rief Jon einem zu.

Ein anderer in der Nähe sprang auf ihn zu, bevor er den Rückkehr-zum-Tod-Zauber erneut aussprechen konnte, aber er griff nach zwei langen Knochen und packte sie in beide Hände. Er schwang sie und zerschmetterte ihn, aber seine Überreste trafen Echos Fersen und brachten sie zum Stolpern. Sie strauchelte, und der Wiederbelebte, der sie angriff, folgte ihr zu Boden, seine Hände schlossen sich um ihren Hals.

„Echo!" Wir waren zu weit entfernt, als dass ich darauf vertrauen konnte, den Wiederbelebten zu treffen und nicht sie. Ich rannte auf sie zu.

Jon versuchte, sich auf die Füße zu stemmen, um zu helfen, aber einer der Wiederbelebten kroch auf Händen und Knien über den Boden und verdrehte dann seinen Fuß. Er schrie vor Schmerz auf.

Verdammt, sie abzuwehren brachte uns nirgendwohin. Zeit für Plan B oder C oder wo auch immer wir jetzt waren, denn diese Wiederbelebten waren unerbittlich. Wenn ich sie in Stücke sprengen würde, könnte ich meinen Freunden mehr schaden, als sie es ohnehin schon waren.

Echo wand sich und versuchte, sich gegen den Reliver zu wehren, der sie würgte, aber ihr Gesicht lief bereits lila an. Jon konnte kaum mehr als ein gequältes Heulen von sich geben, während der Reliver weiter an seinem Fuß drehte. Noch ein bisschen mehr und er würde brechen.

„Bleibt unten, Leute!", rief ich, aber ich hatte keine Ahnung, ob das funktionieren würde. Ich hob meine Hände, meine Unsicherheit bis in meine Seele zitternd, und öffnete meinen Mund, um den Tötungszauber auszusprechen. Ich hoffte, betete, wünschte – was auch immer nötig war –, dass meine Magie nur dann wirken würde, wenn ich den Zauberspruch wirklich meinte. Ich wollte meine Freunde wirklich nicht töten. *„Occidere."*

Schwarze Magie schoss aus meinen gefesselten Händen auf die Reliver zu. Sie explodierten in einer weißen, pulvrigen Wolke, die die Luft wie dichter Nebel erstickte.

Ich spuckte winzige Knochenpartikel aus meinem Mund und schüttelte mich wie ein Hund.

„Lass uns hier fertig werden und nie wieder zurückkommen, okay?", sagte Echo, während sie aufstand und eine Haarsträhne aus ihrem Gesicht blies, wodurch eine weitere Wolke aus Knochenstaub aufwirbelte.

„Einverstanden." Jon lag noch immer flach am Boden und streckte beide Arme aus. „Helft mir bitte hoch?"

Echo und ich gingen zu ihm und zogen ihn nach oben, aber er zischte, sobald er versuchte, Gewicht auf seinen rechten Fuß zu legen, denselben, den der Reliver gepackt hatte. Ich sprach den Heilzauber, und er umhüllte ihn wie ein schwarzes Netz, bevor er in ihn einsickerte.

Obwohl es weiße Magie war, schien sie keine Auswirkung auf die Farbe meiner Magie zu haben, als wäre meine mit permanenter schwarzer Tinte gefärbt worden. Früher hatten weiße Heilzauber mich ausgeglichen, aber jetzt... Es schien, als hätte die schwarze Magie mich verschlungen. Das ergab einerseits Sinn, angesichts der Zauber, die ich geübt hatte, und beunruhigte mich andererseits. Was, wenn meine Magie immer dunkler und dunkler würde? Was, wenn sie meine Seele verrotten ließe? Was, wenn... Ich hasste es, daran zu denken, aber was, wenn ich zu einer anderen Version von Ryze wurde? Ein erfolgreicher Nekromant. Jemand, der eine Seele in sechs Teile spalten konnte. Eine Person, die vor absolut nichts Halt machen würde, um zu bekommen, was sie wollte. Der einzige Unterschied war was wir wollten, aber trotzdem. Unsere Ähnlichkeiten lasteten schwer auf meinem Geist und zogen ihn mit scharfen Klauen hinab. Aber wir hatten auch unsere Unterschiede. Große, wichtige Unterschiede. Ich musste mich daran erinnern.

Wir kletterten aus den Katakomben in den leeren Versammlungsraum. Die meisten anderen Schüler waren bereits nach Hause gefahren, um den Sommeranfang zu feiern, aber wir waren geblieben, ebenso wie einige Magier, die den Ort bewachten. Mit der abwesenden Schulleiterin und der Bedrohung durch Ryze war die Akademie anfällig für Angriffe. Genauso wie Seph, die immer noch den Onyx festhielt, da Ryze entschlossen war, die Steine vor der Zerstörung zu bewahren, obwohl er bereits viermal gescheitert war. Also waren wir nicht bereit, Seph ohne Schutz zurückzulassen. Professor Lipskin, der inoffiziell die Rolle des Schulleiters übernommen hatte, hatte gesagt, dass das in Ordnung sei, obwohl er alles hasste. Meine Eltern, die jetzt zu Besuch hier waren, schienen auch damit einverstanden zu sein, dass ich blieb.

Ich ergriff Jons Hand, Echo packte die andere, und wir zogen ihn gemeinsam aus dem quadratischen Loch im Boden in den Versammlungsraum. „Nach allem, was hier passiert ist, wirst du diesen Ort vermissen, wenn du ihn verlässt?"

„Ja und nein", sagte Echo leise. „Du?"

„Ich weiß nicht. Deshalb habe ich dich gefragt."

Jon klopfte den Knochenstaub von seinem Umhang. „Ich werde ihn vermissen. Ich bereue es nicht, hierher gekommen zu sein."

Ich nickte und zuckte angesichts der Wahrheit in seinen Augen zusammen, während ich die Steintür über den Katakomben zurückrollte. „Einerseits kenne ich mich selbst jetzt ein wenig besser, nachdem ich hierher gekommen bin. Andererseits... kenne ich mich selbst jetzt ein wenig besser, nachdem ich hierher gekommen bin. Ich habe schreckliche Fehler gemacht, aber auch fantastische Freunde gefunden. Ich schätze, das gleicht die Dinge ein wenig aus."

Echo lächelte traurig. „Nicht nur Freunde, sondern Freunde fürs Leben. Vielleicht weil wir andere verloren haben und wir eine so große Lücke zu füllen hatten, aber... ihr seid einfach reinspaziert."

„Ich denke, genau das ist es." Die Lücke, die Leo hinterlassen hatte, würde nie gefüllt werden, aber andere Menschen in meinem Leben zu haben, die ich wirklich mochte, half, den Stachel seines Verlusts zu lindern.

Echos blaue Augen glitzerten im Fackellicht, als sie auf den Boden starrte. „Also, wirst du dein neues Auge ausprobieren oder was?"

Sorge flammte durch Jons magische Signatur, die durch unsere Blutverbindung floss.

Ich streckte die Hand aus und drückte seine Schulter, dankbar für seine Besorgnis. „Ich werde mir eine Pause gönnen. Kommt in zwei Stunden zu meinem Zimmer, damit ich Zeit habe, meine magischen Reserven aufzufüllen, und wir werden sehen, ob das Auge funktioniert, okay?"

Das Letzte, was ich wollte, war, wieder in die Magierschlafsucht zu fallen. Außerdem würden mir zwei Stunden Zeit geben, mich auf das vorzubereiten, was getan werden musste. Allein.

Sie nickten, und Jon ging zum Jungenflügel, während Echo und ich uns auf den Weg zum Mädchenflügel machten.

„Wir sehen uns später...", Echo blieb an ihrer Tür stehen und musterte mich kritisch. „Richtig?"

„Natürlich." Ich log nicht über diesen Teil.

In meinem Zimmer angekommen, schnappte ich mir Nebbles' Lieblingsspielzeug – einen Stock mit einer baumelnden Feder – und machte mich auf den Weg, um sie und Seph in der Krankenstation zu besuchen. Nebbles hatte ihren eigenen Weg dorthin gefunden und dann auf mein Kissen gekotzt, weil ich ihr nicht gesagt hatte, wo sich ihr Lieblingsmensch befand.

„Es tut mir leid", hatte ich ihr gesagt, aber sie hatte mich nur mit ihrem einen orangefarbenen Auge angestarrt.

Einmal hatte sie einen winzigen Knochen aus ihrem Maul ragen lassen, und während sie mich direkt anstarrte, hatte sie fest darauf gebissen, wie eine pelzige Version von Professor Margo Woolery. Die Katze war eine grimmige, wunderschöne Mörderin, und ich würde jedes einzelne graue Haar auf ihrem Kopf vermissen, wenn ich sie nach heute nie wiedersehen würde.

Glücklicherweise waren meine Eltern nicht im Flur der Krankenstation, sondern ins Inseldorf gegangen, um Vorräte zu besorgen. Sie würden wahrscheinlich spüren, dass ich etwas vorhatte, da mein verräterisches Gesicht alles preisgab, etwas, das ich von Ramsey gelernt hatte. Und ich hatte tatsächlich etwas vor.

Die Wachen, die vor Sephs Zimmer in der Krankenstation postiert waren, machten Platz, gewöhnt an mein Kommen und Gehen. Nebbles saß am Fußende von Sephs Bett, als hätte sie mich erwartet.

„Hey, ihr Schönen", flüsterte ich beiden zu.

Noch immer keine Veränderung bei Seph. Sie schwebte vier Fuß über ihrem Bett, den Onyxstein in ihrer Faust umklammert. Würde sie jemals aufwachen? Zweifel spiralten in einem krankmachenden, abwärts gerichteten Sturzflug durch mich hindurch.

Nebbles schlug mit ihrem Schwanz und starrte noch mehr, aber als ich das Stöckchen mit der Feder hervorholte, stürzte sie sich darauf, während ich es über den Boden wackelte. Lachen und Spielen waren großartige Möglichkeiten, um meine magischen Reserven schnell aufzufüllen und meine Gedanken von dem abzulenken, was kommen würde. Ich flüsterte Seph meinen Plan zu, während ich mit Nebbles spielte, ohne zu wissen, ob sie mich hören konnte oder nicht. Aber sie musste wissen, warum ich vielleicht nicht zurückkommen würde.

Auf meinem Weg hinaus küsste ich ihre Stirn und warf Nebbles einen Kuss zu. Sie zischte. Wir waren noch keine besten Freunde, aber wir kamen dem näher.

Als ich wieder in meinem Zimmer war, schwebten Echos und Jons magische Signaturen näher – Jons Erdgeruch und Echos Pfefferminzduft und belebendes Gefühl. Dann klopfte es an meiner Tür.

„Kannst du es uns nicht einfach sagen?", fragte Echo, als sie hereinstürmte.

„Was sagen?"

„Was du wirklich vorhast", sagte Jon. „Gehst du weg?"

Ein langer Seufzer entwich mir, als ich mich auf mein Bett sinken ließ. „Lasst mich raten, ihr könnt es durch die Blutsbindung spüren?"

„Nein." Echo verschränkte die Arme, ihre muskulöse Gestalt blockierte die Tür. „Ja. Aber auch dein Gesicht. Du hast etwas vor."

„Verdammt nochmal", zischte ich. „Selbst wenn ich die Haut wechseln kann, was ist, wenn mein Gesicht – mein neues Gesicht – alles verrät?"

„Wohin gehst du, Dawn?", fragte Jon ruhig.

„Keptra. Ryzes Hochburg", gab ich zu und ballte meine Fäuste in meinem Schoß. „Ich will Ramseys Stab zurück. Ich will Schulleiterin Millington und Morrissey finden. Ich will dem ein Ende setzen."

„Nun..." Jon warf die Arme hoch. „Das wirst du, wenn du vorhast, alleine zu gehen."

„Ich muss alleine gehen. Ich vertraue niemandem außer euch beiden, und ich brauche euch lebend, um auf Seph und Nebbles aufzupassen und..." Ich biss mir auf die Unterlippe und holte die sechs Steine aus meiner Umhangtasche. Die sechs Teile von Ramseys Seele. Ich hielt sie Echo hin, aber anstatt auf mich zuzukommen und sie zu nehmen, starrte sie mich nur an. „Und Ramsey. Du weißt, wo sein Körper begra–"

„Dawn", schnappte sie. „Nein."

„Bitte pass einfach auf sie auf, bis Seph aufwacht–"

„*Nein*."

„Bitte." Ich legte das Schicksal von Amaria in dieses Wort, da mit Ryzes Rückkehr die Zukunft der Welt auf einer gefährlichen Kante balancierte. Was konnte ich sonst sagen? Ich kannte die Risiken, aber ich tat es trotzdem. Immer wieder wurde ich in Ryzes Kreis der Dunkelheit gezogen, wo seine Handlanger mich ausdrücklich benutzten und verletzten. Ich hatte Leo und Ramsey und möglicherweise Seph verloren. Ich hatte mich selbst verloren. Ich war fertig. Ich war schon seit einiger Zeit fertig, aber jetzt hatte ich ein zusätzliches Körperteil in meiner Tasche, um es wirklich zu beenden. Außerdem würde Ryze nicht da sein. Vielleicht auch sonst niemand.

„Und wenn du es nicht schaffst, da rauszukommen?", fragte Jon mit angespannter Stimme. „Was dann?"

„Ihr holt mich zurück. Du kannst Nekromantie von überall aus praktizieren."

Jon warf erneut die Arme hoch. „Ich kann Pflanzen zurückbringen, keine Menschen."

Echo schüttelte den Kopf. „Wenn du stirbst, werden wir nicht einmal da sein, um deine Seele zu teilen–"

„Ihr bringt mich ohne meine Seele zurück, wenn ihr könnt. Ich werde genau die gleiche mörderische Verrückte sein."

Sie verdrehte die Augen und seufzte. „Das wirst du nicht sein."

Sie hatte Recht. Der Wiederbelebte in den Katakomben war nur auf eines aus gewesen – töten. Nicht auf den Rest unserer Probleme wie den Stab, Ramsey und Seph. Aber vielleicht könnte ich, wenn ich ein Wiederbelebter würde, immer noch helfen, wenn ich auf die richtige Spur gesetzt würde. Die richtige Tötungsspur – direkt zu Ryze oder Schulleiterin Millington oder Morrissey.

„Du bist doch das Genie, erinnerst du dich?" Echo sah mich flehend an. „Aber das ist leichtsinnig."

„Es wäre leichtsinnig, wenn ich euch beide mitnehmen würde. Das hier ist..." Ich zuckte mit den Schultern und suchte nach dem richtigen Wort. „Eine Abrechnung."

„Also willst du es versuchen?" Jon wedelte mit der Hand, seine Schultern sackten herab, als er sich mir gegenüber auf Sephs Bett plumpsen ließ.

Ich nickte, stand auf, holte tief Luft und steckte langsam meine Hand in meine Tasche. Mein Magen drehte sich bei dem Gefühl des Augapfels um, wie trocken er außen war, aber wie leicht er zwischen meinen Fingerspitzen zerquetscht wurde. Ich drehte ihn so, dass die Pupille nach außen zeigte, brachte ihn an mein rechtes Auge und als ich mir ziemlich sicher war, dass ich das wirklich tun wollte, rezitierte ich den Zauberspruch zum Hautwechsel.

„Ambulabunt mecum in cute, Ne quis in Headmistress Millington geminae."

Wandle mit mir durch die Haut, Lass mich Schulleiterin Millingtons Zwilling sein.

Das Auge entwickelte diese saugnapfartigen Dinge und sprang auf mein Gesicht zu. Ich keuchte und stolperte seitwärts, mein Herz schlug wild gegen meine Rippen. Meine Arme ruderten, bis jemand einen davon packte und mich mit einem Händedruck aufrichtete. Das Auge heftete sich an meins, verdunkelte zunächst die eine Hälfte meiner Sicht... und veränderte sie dann zu einer neuen Perspektive, als es in meine Augenhöhle sank.

Echo und Jon starrten mich entsetzt an. Ich kniff meine Augen – das alte und das neue – zu, damit ich ihre Reaktionen nicht mitansehen musste. Mein Haar flatterte über mein Gesicht, als wäre es von einer Brise erfasst worden, und eine wellende Bewegung begann an meinem Kopf und arbeitete sich bis zu meinen Füßen hinunter. Stoff raschelte. Mein Körper verlängerte und veränderte sich, völlig außerhalb meiner Kontrolle. Ich hasste dieses Gefühl, konnte kaum atmen, aber bald war es vorbei.

„Nun?", ich räusperte mich unwillkürlich bei dem seltsamen Klang meiner Stimme. „Hat es funktioniert?" Ich hatte nicht den Mut, in den kleinen ovalen Spiegel über meinem Schreibtisch zu schauen, geschweige denn meine Augen zu öffnen.

„Ja", flüsterte Echo. „Du bist sie."

„Wie fühlt es sich...", begann Jon. „Wie fühlst du dich?"

„Wie ich selbst." Ein tiefes Zittern begann in meiner Magengegend und breitete sich mit einer dunklen Kälte aus. Ich zwang meine Augen auf und drehte meinen Kopf, um mein Spiegelbild zu betrachten. Ein exaktes Ebenbild von ihr. Dunkles Haar, auf meinem Kopf aufgetürmt, messerscharfe Lippen, ein falscher, freundlicher Ausdruck und ein roter Umhang.

Ich war jetzt die Mörderin meines Bruders, die perfekte Person, um mich in Ryzes Versteck einzuschleichen.

Kapitel zwei

„VERSUCH NICHT, ÜBERALL ZU sterben", sagte Echo zu mir. „Davon hatten wir genug."

Jon rutschte mit den Füßen auf den Stufen der Akademie herum. „Hört, hört."

„Werd ich nicht." Da Magie auf das Schulgelände beschränkt war und ich kurz davor war, es zu verlassen, war ich wieder ich selbst, und ich war noch nie so froh darüber gewesen. „Nachdem wir eine Blutsbindung geteilt haben, bedeutet das wohl, dass wir die Umarmungsphase in unserer – Uff!"

Jon überfiel mich mit einer Umarmung und drückte mich so fest, dass mir Tränen in die Augen stiegen. Das war kein Abschied. Es war keiner, aber in der Kraft seines Griffs spürte ich, dass er dachte, es könnte einer sein. Es lag nicht daran, dass er kein Vertrauen in mich hatte, sondern an einer tiefsitzenden Angst. Schließlich ließ er mich los, sein Blick auf den Boden gerichtet, und ich versuchte ihm zu sagen, wie großartig er für Seph war, wie großartig er überhaupt war, aber meine Stimme hatte sich verknotet.

Dann kam Echo, das Mädchen, das mich einst gehasst hatte.

„Danke", flüsterte ich in ihr Haar, als ich sie fest umarmte. „Einfach nur... danke."

Sie nickte, als sie sich löste, ihre blauen Augen hell leuchtend.

In der Ferne ertönte ein Schiffshorn. Es war fast Zeit, an Bord zu gehen. Ohne zurückzublicken, stieg ich die Treppe der Akademie hinunter, mein Herz schwer, aber das Kinn hoch erhoben. Das musste getan werden, und ich konnte es tun. Aus irgendeinem unbekannten Grund war der Stab von Sullivan wichtig für Ryze, wichtig genug, um ihn zu nehmen, wichtig genug für Schulleiterin Millington, um dafür zu töten, um ihn zu schützen. Die richtige Seite – die Seite, die gewinnen würde – brauchte ihn zurück, wenn nicht für den Krieg, dann für Ramsey und seine Familie.

Nachdem ich mich durch die Tore der Akademie und durch den Wald geschlängelt hatte, peitschte mir die Seeluft ins Haar, als ich den Strand zum Dock überquerte.

Mein Boot wartete bereits dort, genau das gleiche, mit dem ich zu Beginn des Schuljahres hierher gekommen war. Und wer hätte es gedacht, vom Deck aus brüllte derselbe Kapitän mit dunklem Haar und einem roten Bandana um den Hals Befehle. Je mehr sich die Dinge änderten, desto mehr blieben sie gleich.

Der Kapitän schien mich nicht zu erkennen, als ich an Bord ging, obwohl ich versehentlich versucht hatte, die Passagiere zu töten und sein Schiff schwer beschädigt hatte. Das schien so lange her zu sein, und ich war jetzt eine andere Person. Nun ja, außer dass ich immer noch Leos Mörder jagte.

Eine Bootsfahrt und eine seeehr lange Kutschfahrt später kam ich an der Grenze zu Keptra an. Ryzes Hochburg. Die Pferde wurden unruhig und scharrten mit den Hufen, bevor der Kutscher seine Zügel schnalzen ließ und sich eilig davonmachte. Es sah aus wie eine Insel Eerie ohne Zugang zum Meer, mit toten, verdrehten Bäumen. Es klang sogar danach, bis zu dem Punkt, wo ich hätte schwören können, ich wäre in Quiets magischer Stille-Blase gefangen. Ein tiefer Nebel kroch über den Boden und hüllte alles ein, was einem Pfad hätte ähneln können, und was auch immer in der Ferne liegen mochte.

Ich begrüßte es. Es würde eine großartige Deckung sein, während ich mich hineinschlich und meine Beute verfolgte.

Da die Insel Eerie weit hinter mir lag, konnte ich wieder Magie benutzen. Schnell, damit ich nicht zu viel darüber nachdenken musste, verwandelte ich mich in Schulleiterin Millington und setzte dann meinen Weg nach Keptra fort. Mein roter Umhang, der nicht meiner war, raschelte über den Boden, und Wurzeln griffen nach den Stiefeletten, an die ich nicht gewöhnt war. Ich hatte eine vage Vorstellung davon, wohin ich wollte, aber Jon hatte mir eine geheime Waffe geliehen, die ich in meiner Tasche aufbewahrte. Knochen für Osteomantie. Hoffentlich würden sie mir helfen, so auszusehen, als wüsste ich, wo ich hingehörte und was ich tat, damit ich hier lebend rauskommen konnte. Wenn es schlimmer kommen sollte, könnte ich auch Schattenwandeln, aber bis ich mehr über das Innere von Ryzes Schloss wusste, könnte ein sich unabhängig bewegender Schatten verdächtig sein. Außerdem war die Totenhand in meiner Tasche geschlossen.

Ich bezweifelte, dass viele die Grenze nach Keptra überquerten, es sei denn, sie wollten etwas von Ryze oder arbeiteten für ihn. Wenn ich also zufällig jemanden sehen würde, würden sie mich als Schulleiterin wohl kaum in

Frage stellen. Wenn doch, würde ich einfach lügen. Sie hatte es ja auch mit Leichtigkeit getan.

Mein Herz stolperte und meine Nerven verknoteten sich zu einem komplizierten Knäuel, aber ich ging weiter. Es war das Risiko wert. Ich musste mich nur daran erinnern.

Ich bog um eine Kurve auf dem ausgetretenen Pfad zwischen den knorrigen, greifenden Bäumen, und der Geruch von Verwesung und Fäulnis schlug mir entgegen. Er war so stark, dass ich mich zwingen musste, einen Fuß vor den anderen zu setzen, bevor der Geruch mich zurücktrieb. Vor mir durch den Nebel lag ein kleines Dorf, das aus dieser Entfernung fast malerisch ausgesehen hätte, wäre da nicht der Geruch gewesen. Menschen tummelten sich auf den breiten Straßen, schoben mit Decken bedeckte Karren, klopften den Staub aus Teppichen oder standen unter überdachten Veranden herum.

Bevor ich zu nah herankam und die Leute mich bemerkten, duckte ich mich hinter einen Baum. Während ich mich umsah, um sicherzugehen, dass ich allein war, legte ich Jons Osteomantie-Knochen vor mir auf den Boden. Dann schloss ich die Augen und flüsterte: „Wo ist der Stab von Sullivan?"

Ich streckte die Hand aus, meine Finger streiften einen Knochen, und er las *Geradeaus*.

„Wilva!", rief eine Stimme hinter mir.

Ich erschrak und sah über meine Schulter. Ein Mann näherte sich, der einen Strohhut tief über die Augen gezogen hatte, eine schmutzverkrustete Tunika und Hose trug und Stiefel an hatte, die schon bessere Tage gesehen hatten. Er kam direkt auf mich zu. Schnell sammelte ich Jons Knochen ein und ließ sie mit einem lauten Klirren in meine Tasche fallen, bevor ich aufstand und mich umdrehte.

„Ich dachte mir schon, dass du das bist." Er blieb vor mir stehen. Als er lächelte, versuchte ich nicht zusammenzuzucken. Seine Zähne waren schwarz und durchgefault. „Ich rufe schon eine ganze Weile deinen Namen. Hast du mich etwa nicht gehört?"

Eine ganze Weile, hatte er gesagt. Wie lange hatte er mich schon beobachtet? Ich versuchte, meine Miene ausdruckslos zu halten, aber das war etwas, was Dawn hätte tun sollen. Nicht Schulleiterin Millington – oder Wilva, schätze ich –, während sie mit einem Mann sprach, den sie offensichtlich kannte.

Ich lächelte, was sich auf diesem neuen Gesicht mit den sehr dünnen Lippen fremd anfühlte. „Tut mir leid, ich muss wohl wieder mal mit dem Kopf in den Wolken gewesen sein."

Er sah mich einen Tick zu lange fragend an, was meine Alarmglocken schrillen ließ. Hatte ich etwas Falsches gesagt oder getan? Wahrscheinlich. Ich hatte die Schulleiterin nicht so genau studiert, wie sie uns studiert hatte, und wie sie sich mit mir verhielt, während sie die Rolle einer echten Schulleiterin spielte, war vermutlich anders als ihr Verhalten hier in Keptra.

„Na ja, du bist spät dran", sagte der Mann. „Du hättest schon längst dort sein sollen."

„Natürlich. Ich war gerade auf dem Weg dorthin." Ähm, wohin genau? Ich schenkte ihm noch ein Lächeln mit meinen kaum vorhandenen Lippen und wandte mich dem Dorf zu. Mein Rücken kribbelte unter seinem Blick, der so scharf war, dass er mich an jedem Schritt, jedem Atemzug zweifeln ließ. Wusste er Bescheid? Was würde er tun, wenn dem so wäre?

„Wilva?", rief er.

Ich blieb stehen und drehte mich um. „Ja?"

„Es ist schön, dich nach so langer Zeit zu sehen."

Mein Kopf arbeitete fieberhaft. War es nur ich, oder war das, was er gesagt hatte, eine Falle? Was, wenn die Schulleiterin ihn erst gestern gesehen hatte? Aber ich hatte schon zu lange gezögert.

„Dich auch." Ich wandte mich wieder dem Dorf zu und ging darauf zu, während sich in meiner Brust ein frustrierter Schrei aufbaute. Hatte ich es vermasselt? Meine Sinne waren geschärft für jedes Geräusch oder jede Bewegung hinter mir. Nichts geschah, aber das war nicht unbedingt ein gutes Zeichen. Ich wagte es nicht, zurückzublicken.

Ich war überfordert. Ich war nicht zu dumm, um das zu erkennen. Ich hatte mich bereits zweimal mit Ryze gemessen und das erste Mal kaum überlebt und beim zweiten Mal Ramsey verloren. Alles, was ich brauchte, war ein winziger Glücksfall, nur eine Chance, den Stab von Sullivan zu schnappen und wegzulaufen. Mit den Folgen würde ich mich später befassen.

Ich betrat das Dorf und presste meine dünnen Lippen zusammen, damit ich den Gestank nicht einatmen musste. Einige Leute schauten auf, aber die meisten ignorierten mich. Der Gestank schien sie nicht zu stören, oder sie waren daran gewöhnt. Welcher dieser beiden Fälle wäre schlimmer? Ich konnte mich nicht entscheiden.

Eine Schubkarre, die von einem Mann in die gleiche Richtung geschoben wurde wie ich, traf auf eine unebene Stelle, und ein Bein fiel unter der Decke hervor über die Seite. Eine Leiche. Mehrere andere Personen mit Schubkarren manövrierten diese vor mir her und bogen in eine nahe gelegene Seitenstraße ein. Ich ging in diese

Richtung und spähte um die Ecke – und wagte dann nicht einen einzigen Atemzug, als ich vorbeiging.

Leichen. Ein ganzer Haufen blutiger Leichen lag etwa fünf Meter die Straße hinauf und war ungefähr genauso hoch aufgestapelt. Überall schwirrten Fliegen. Jenseits der Leichen, auf einem Hügel gelegen, ragte ein gewaltiges schwarzes Steinschloss wie verdrehte, skelettartige Finger in den Himmel. Schwarze Magie brodelte daraus hervor und versengte die Luft bis hinunter in meine Lungen. Ich würgte einen Schwall Galle hinunter, meine Augen brannten, als wäre ich durch eine Rauchwolke gelaufen.

Dorthin musste ich gehen. Und die Leichen? Wahrscheinlich würden sie bald Teil von Ryzes Armee sein.

Als ich es über eine weitere Seitenstraße zum Schloss geschafft hatte, begann das wenige Tageslicht zu schwinden. Bald würde es Nacht sein.

Kalter Schweiß brach mir aus, als ich die Stufen zur Eingangstür hinaufstieg. Es gab keine Wachen. Die brauchte es wahrscheinlich auch nicht.

„Ich habe auch als Heilerin angefangen", sagte eine weibliche Stimme, und ich zuckte zusammen, meine Muskeln spannten sich an.

Die Stimme kam von vor mir, aber niemand war da. Jemand wusste Bescheid. Jemand konnte erkennen, dass ich keine Schulleiterin war und stellte mich bloß. Meine kaum vorhandenen Lippen spitzten sich, um es zu leugnen, aber weiter kam ich nicht.

„Aber Ryze hat mir mehr gezeigt als das, was direkt vor mir lag", fuhr die Stimme fort.

Die riesigen Türen vor mir öffneten sich, und ein schwarz gekleideter Magier schlüpfte heraus. Hinter ihm sah das Schloss überfüllt aus, und die Stimme fuhr kristallklar und wie durch Magie verstärkt fort.

„Er hat mir versprochen, dass ich alles bekommen kann, was ich will", sagte die Stimme. „Alles, was ich will, wenn ich ihm nach seiner Rückkehr helfe. Er hat mir gezeigt, wie mächtig ich mit schwarzer Magie sein kann, und das bin ich. Ich kann alles tun. Alles haben. Ich kann mir mein Leben gar nicht mehr anders vorstellen."

Der schwarz gekleidete Magier ging an mir vorbei, ohne mich eines Blickes zu würdigen, und ich fing die zufallende Tür mit der Spitze meines Stiefels ab. Im Inneren des Schlosses erstreckten sich lange Tische von einem Ende zum anderen, und der würzige Duft von gekochtem Essen hing in der Luft. Totenschädel brannten grün in kunstvollen Kronleuchtern, die überall von der Decke hingen. Sie warfen ein unheimliches, hellgrünes Licht auf die nach oben gerichteten Gesichter der hier Versammelten, während sie der ehemaligen Heilerin, die nun eine finstere

Dienerin war, zuhörten, wie sie immer weiter redete. Sie stand auf einer erhöhten Plattform, eine dünne Brünette, abgesehen von der offensichtlichen Wölbung ihres Bauches.

„All das verdanke ich Ryze, und ich schulde ihm mein Leben. Er ist ein Gott für mich, und wohin er mich auch führt, ich werde ihm ohne Frage folgen."

Ein lauter Jubel erhob sich aus der Menge. War dieses Abendessen nur zum Wohl der Menge da, damit sie sich in ihrer Entscheidung, einem finsteren Wahnsinnigen zu folgen, sicher fühlten? Widerlich. Sie würden wahrscheinlich alle sterben, da Ryze sie sicherlich zuerst von einer Klippe stoßen würde, bevor er jemals eine Niederlage eingestehen würde.

Ich stieß lautlos die Luft aus und versuchte, meinen Abscheu nicht allzu deutlich zu zeigen, während ich mich an der Wand entlang schlich. Rechts waren lange, luxuriöse rote Vorhänge mit schwarzen und goldenen Wirbeln zurückgebunden und gaben den Blick auf einen weiteren Raum frei. Ich musste einen Ort finden, an dem ich allein sein konnte, um erneut Osteomantie zu praktizieren.

Das Mädchen auf der Plattform trat ab, als der Jubel abklang.

Eine ältere Frau, an der ich vorbeiglitt, sah zweimal über ihre Schulter zu mir und neigte dann ihr Kinn. Ich tat es ihr gleich und suchte dann die Hinterköpfe nach jemandem Bekannten ab oder nach jemandem, der zu genau hinsah.

Jemand anderes betrat die Plattform, diesmal ein Mann mit einem langen grauen Bart, der in einer einzelnen Locke nahe seinen Knien endete. Er streckte die Hand aus, damit jemand aus der Menge zu ihm kam.

Ich hatte den Eingang mit den roten Vorhängen fast erreicht, als sich eine Hand auf meine Schulter legte. Mein Magen machte einen Satz in meinen Hals, während der Rest von mir erstarrte. Ich zwang mich, mich umzudrehen und stand dem Mann mit dem Strohhut gegenüber.

„Du gehst in die falsche Richtung. Du bist..."

Ich verstand nicht, was er sonst noch sagte, weil alles aus dem Raum verschwand, außer der Person, die mit dem bärtigen Mann die Plattform betrat. Eine Frau in einem roten Umhang mit braunem Haar, das auf ihrem Kopf aufgetürmt war. Eine Frau mit ultraschmalen Lippen, die sie zu einem siegreichen Lächeln kräuselte. Eine Mörderin.

Die Menge brach beim Anblick von ihr in Jubel aus. Der Lärm riss mich mit einem Keuchen zurück in die Gegenwart. Sie liebten sie. Natürlich taten sie das. Sie hatte geholfen, Ryzes Rückkehr zu orchestrieren, leitete die Akademie, in der der Onyxstein versteckt gehalten wurde. Hatte Professor Wadluck eingestellt. „Ich hätte Morrissey besser im Auge behalten sollen", hatte sie mir einmal gesagt. Es war alles so, so praktisch.

Die Zeit verlangsamte sich fast bis zum Stillstand. Ich riss meinen Blick von ihr los und entdeckte die Frau, die mir in der Menge ehrfürchtig zugenickt hatte. Tiefe Falten zogen sich über ihre Stirn, als sie ihren Kopf zu mir drehte. Der Mann mit dem Strohhut verstärkte seinen Griff auf meiner Schulter und nahm mit der anderen Hand seinen Hut ab, sein Gesicht vor Schock über die echte Schulleiterin gezeichnet.

„Warte", rief er quer durch den Raum.

Auf keinen Fall.

Ich riss mich von ihm los und stürzte zwischen den Vorhängen hindurch in einen leeren Raum, der mich an das Büro der Schulleiterin erinnerte. Prunkvolle gerahmte Fotos hingen an den schwarzen Steinwänden, aus denen Männer und Frauen finster herausstarrten. Sie verschwammen, als ich daran vorbeisprintete, mein Herz raste.

Hinter mir begann die Menge leiser zu werden.

Der Mann mit dem Strohhut schrie: „Wilva! Hier ist ein Gestaltwandler, der aussieht wie du!"

Er hatte es gewusst. Er hatte gewusst, dass etwas mit mir nicht stimmte. Die Schulleiterin würde wahrscheinlich wissen, dass ich es war, und bald, wette ich, würde sie nach mir suchen kommen. Sie würden wahrscheinlich alle nach mir suchen kommen.

Als ich nach links in einen schmalen, dunklen Durchgang abbog, stieß ich in meiner Eile gegen ein kleines Podium zwischen den Gemälden. Eine geschnitzte Marmorbüste von Ryze wackelte darauf und ihr Aufprall auf dem Boden erfüllte mich mit dunkler Schadenfreude.

Lasst sie nur kommen und nach mir suchen. Es könnte sie vom Personal weglocken, aber wenn sie kämen, müsste ich mich in jemand anderen verwandeln, falls sie mich entdeckten.

„Ambulabunt mecum in cute, Ne quis in Morrissey geminae", murmelte ich.

Sobald ich in den dunklen Raum vor mir stürzte, begann sich mein Körper sofort zu verändern. Ich schrumpfte, mein Haar wuchs bis zu meiner Taille, und etwas schmückte meinen Kopf, das vorher nicht da gewesen war. Eine Krone aus Zähnen, oder was sie das letzte Mal getragen hatte, als ich sie sah.

Hinter mir ertönten Rufe über dem Adrenalin, das durch mein Blut rauschte. Sie kamen. Sie kannten sich wahrscheinlich in diesem Schloss aus. Ich nicht. Das könnte ein Problem darstellen, wenn ich es zuließe. Ich würde es nicht zulassen.

Vor mir führte ein fackelbeleuchteter Gang von diesem Raum weg. Ich brauchte nur einen Ort, an dem ich mich verstecken konnte, um etwas Osteomantie zu betreiben. Ich machte mich auf den Weg den Gang entlang, der leer schien – bis zwei Gestalten am äußersten Ende auftauchten. Beide hatten leuchtend blaues Haar, das unter den tiefen Kapuzen ihrer schwarzen Umhänge hervorlugte, und ich konnte nicht erkennen, wer sie waren. Aber sie konnten mich sehen. Ich konnte die Kraft ihrer Blicke aus ihren Kapuzen spüren, die durch die Schichten meiner Haut bis zum wahren Ich drangen. Ich hörte auf zu atmen, als wir aufeinander zugingen, zwang mich aber, nicht aus dem Tritt zu geraten.

Die Stimmen hinter mir wurden lauter. Sobald die beiden Gestalten an mir vorbeigegangen wären, würden sie bald von den anderen erfahren, dass der Gestaltwandler in diese Richtung gegangen war, und dann genau zeigen, wohin ich gegangen war.

Wir gingen aneinander vorbei, und ich schenkte ihnen nicht mehr als einen gelangweilten Blick. Sobald sie aus meinem Blickfeld waren, wog ich meine Optionen ab. Eine Tür öffnete sich zur Linken, und dahinter verzweigte sich der Gang nach links und rechts.

Ich bog in den linken Gang ein und nachdem ich mich vergewissert hatte, dass die Luft rein war, hielt ich an und presste meinen Rücken gegen die Wand, lauschend und all meinen Mut zusammennehmend. Aber nicht lange. Eine Tür am Ende des Ganges öffnete sich, und bevor ich sah, wer es war, ging ich zurück in den ersten Gang. Die beiden schwarz vermummten Gestalten gingen auf die rufenden Stimmen und stampfenden Füße zu und verdeckten mich, als ich durch die Tür schoss. Volltreffer. Eine Gewürzkammer, ähnlich der, in der Ramsey und ich uns einmal versteckt hatten, als wir uns in der Nekromanten-Akademie herumgeschlichen hatten. Meine Kehle zog sich bei der Erinnerung zusammen, aber ich durfte jetzt nicht die Fassung verlieren.

Schnell kritzelte ich ein Symbol auf das Holz, das die Schranktür von außen verschließen würde, und ließ mich dann auf die Knie fallen, um die Knochen zu lesen, die ich vor mir ausstreute. Eine knifflige Aufgabe, da ich weder wörtlich noch im übertragenen Sinne Licht hatte.

Schritte donnerten vorbei und bogen dann nach links ab. Sie würden bald genug herausfinden, dass ich nicht dorthin gegangen war.

„Wo ist der Stab von Sullivan?", flüsterte ich in die Dunkelheit. Ich wählte einen Knochen und steckte den Rest in meine Tasche. Mit angehaltenem Atem presste ich mein Ohr an die Tür. Stille. Ich traute ihr nicht, öffnete die Tür aber trotzdem, gerade genug, um meine Knochen im Licht der Fackeln im Gang zu lesen.

Geradeaus, las der Knochen.

Ich steckte den Knochen ein, schlüpfte hinaus, machte einen kleinen Schritt nach links und ging dann geradeaus den Gang entlang, den ich noch nicht genommen hatte.

Warum hatten sie mich noch nicht entdeckt? Sie hatten inzwischen genug Zeit gehabt, einen Ortungszauber durchzuführen, es sei denn, sie wollten ein Katz-und-Maus-Spiel spielen, bevor sie versuchten, mich zu fangen.

Der kurze Gang führte zu einer Treppe, die in der Dunkelheit nach unten verschwand. Ich nahm einen brennenden grünen Schädel von der Wand und hielt ihn vor mich, während ich hinabstieg, meine Hand zitterte. Hier unten, wo ich nichts sehen konnte, nicht wusste, wo ich war, konnte ich leicht in die Enge getrieben werden. Aber ich weigerte mich aufzugeben.

Die Dunkelheit verschluckte mich ganz, so dick und erdrückend, dass das Schädellicht fast nutzlos war.

„Dawn", flüsterte eine schlangenartige Stimme direkt hinter mir.

Ich wirbelte herum, mein Puls schlug zu laut, um viel anderes zu hören. Ich sah nichts. Nach einem Moment drehte ich mich wieder um und ging weiter, meine Augen angestrengt, um irgendetwas jenseits des spärlichen Lichts des Schädels zu erkennen. Lass sie denken, ich wäre eine Maus. Ich würde den Stab trotzdem bekommen, während sie ihre kleinen Spielchen spielten.

„Wenn du dich Ryze anschließt, kannst du alles haben, was du willst", flüsterte die Stimme wieder, und es hallte immer wieder bei.

„Bullshit", zischte ich. „Sich Ryze anzuschließen wird mir keine Rache bringen."

„Bist du sicher, dass du sie brauchst?", Das Flüstern streifte meinen Hinterkopf und ließ Morrisseys schwarzes Haar in mein Gesicht fallen.

Vor mir schnappte ein weiterer grün leuchtender Schädel in die Existenz und warf sein unheimliches Licht auf ein Gesicht, das mir den Atem raubte, meine Schritte stocken und meine Entschlossenheit zersplittern ließ. Leo.

Seine blauen Augen, die meinen so ähnlich waren, musterten mich und schweiften dann um uns herum. „Biscuit, was machst du hier?"

Ich schluckte schwer. Das war nicht real. Jemand spielte mit meinem Kopf und meinen Gefühlen, aber es funktionierte nicht. Ich würde es nicht zulassen.

„Netter Versuch." Ich richtete mich auf und schritt geradewegs auf meinen sogenannten Bruder zu.

Er streckte die Hand aus und ergriff meinen Arm, seine warme Berührung und sein Lavendelduft erschütterten meine Seele. „Hey..." Er blinzelte angestrengt auf das Gesicht, das nicht zu mir gehörte, sein Mund verzog sich zu einem Stirnrunzeln. „Warum sind wir hier? Und warum siehst du so aus?"

„Du bist tot, Leo." Ich klang so hohl, als ich es sagte, so sachlich, aber die Wahrheit schmerzte trotzdem immer noch bitter.

„Ich war es, ja. Ich erinnere mich, dass ich durch die Geistertür mit dir gesprochen habe, aber..." Er rieb sich die Brust und sah mich flehend an. „Biscuit, mein Herz schlägt."

Kopfschüttelnd ging ich an ihm vorbei und lief weiter. „Es wird nicht funktionieren", rief ich in die Dunkelheit. „Du kannst mir alle möglichen Versprechungen machen, aber du kannst mir nicht geben, was ich will. Ich bin nicht wie du. Nur weil meine Magie dunkel ist, heißt das nicht, dass ich leicht davon korrumpiert werde. Anders als bei dir trifft meine Magie nicht meine Entscheidungen für mich."

„Biscuit, warte!"

Er klang so echt, dass alle möglichen Zweifel durch meinen Kopf jagten. Was, wenn ich falsch lag? Was, wenn es irgendwie, auf irgendeine Weise, doch er war? Aber nein, selbst Ryze konnte Leos Seele nicht wieder in seinen

Körper zurückbringen, da seine Seele bereits durch die Geistertür gegangen war. Es sei denn, seine Seele wäre gespalten worden, und das war sie nicht. Schulleiterin Millington hatte keinen Grund dafür gehabt, nachdem sie ihn ermordet hatte.

Trotzdem ließ mich der Funke Hoffnung in meinem Herzen umdrehen.

Statt des flehenden Blicks in seinem Gesicht starrte er mich mit gesenktem Kinn an, und ein seltsames Zucken verzerrte seinen Mund. Schatten verdunkelten sein Gesicht, nicht vom grünen Schein des Schädels, den er hielt, sondern weil sich seine Haut zu eng über die Knochen spannte. Er sah skelettartig aus, genau wie der Schädel.

Seine Lippen zogen sich mit einem leisen Knurren zurück. Er stürzte sich auf mich, die Bewegung voller tödlicher Absicht.

„Leo!"

Er hörte nicht auf. Er erinnerte mich an die mörderischen Wiederbelebten, die in den Katakomben umherwanderten. Überhaupt nicht mein Bruder. Er würde mich töten, wenn ich ihn nicht aufhielte.

„*Revertere ad mortem*," schrie ich.

Der Zauber schoss auf ihn zu und explodierte beim Aufprall, verteilte Fleisch und Knochen über den Boden.

Nicht das Fleisch und die Knochen meines Bruders. Das war er nicht. Es war er nicht, ob es nun sein seelenloser Wiederbelebter gewesen war oder nur eine Illusion, aber ich schluchzte trotzdem und wäre fast auf die Knie gegangen. Nur mit Mühe widerstand ich einem Zusammenbruch. Ich musste hier raus.

Als ich mich umdrehte, um genau das zu tun, drängte sich eine dunkle, ölige Präsenz an meinen Rücken. Sie ließ die Haare an meinen Armen zu Berge stehen und höhlte mein Selbstvertrauen mit einer stumpfen Klinge aus. Was auch immer das war, es war ganz sicher nicht Leo.

Ich beschleunigte meine Schritte und warf Blicke über meine Schultern.

„Vielleicht trifft die Magie deine Entscheidungen nicht für dich", sagte eine Stimme. Diesmal kein Flüstern. Vertraut und fast mütterlich.

Schulleiterin Millington.

„Aber ich kann deine Entscheidung für dich treffen", sagte sie.

„*Occid*—"

Bevor ich den Tötungszauber beenden konnte, packte sie mich von hinten mit unnatürlicher Stärke, die meine Arme fesselte. Eine gezackte Messerspitze bohrte sich in meinen Hals und schnitt dann von Ohr zu Ohr durch die Haut.

Und alles, woran ich denken konnte, während Wärme meinen Hals hinunterströmte, war, ob die Schulleiterin dasselbe Messer benutzt hatte, um mich zu töten, das sie auch bei meinem Bruder verwendet hatte.

Kapitel Drei

Ich sackte zu Boden. Ein blutiges Gurgeln blubberte aus meiner Kehle, als ich versuchte, Worte zu formen. Ein Heilzauber. Ein Schrei nach Schulleiterin Millington. Meine Augen strengten sich an, sie in der Dunkelheit zu erkennen, die mit jeder Sekunde absoluter wurde.

Ich lag im Sterben, und sie hatte mich getötet.

Über dem Geräusch meines sterbenden Herzschlags dröhnten Schritte in der Nähe. Nicht in diesem Raum bei mir, sondern draußen. Lief die Schulleiterin wieder davon? Nein, das konnte ich nicht zulassen. Selbst der Tod würde mich nicht aufhalten.

Mit letzter Kraft schleppte ich mich auf alle viere. Das Geräusch meines Blutes, das in stetigen Tropfen auf den Boden plätscherte, drehte mir den Magen um.

„Sie ist im Raum der Alpträume!", rief jemand hinter mir.

Der Raum der Alpträume... Bedeutete das, dass alles, was in diesem Raum passiert war, nur ein Albtraum und nicht real gewesen war? Nein. So viel Glück konnte ich nicht haben. Aber gleichzeitig hatte ich ihren Geruch nicht wahrgenommen.

Ich griff an meinen blutigen Hals, der sich nur allzu real anfühlte, und zwang mich auf die Beine. Der grün leuchtende Schädel erhellte den Rahmen einer Tür vor mir, und ich kratzte am Knauf, um hier rauszukommen. Die Tür sprang auf, und sobald ich die Schwelle überquert hatte, hörten das Bluten, der Schmerz und der Albtraum auf. Ich blinzelte an mir herunter und fand keine Spur von Blut.

Als ich erleichtert Luft holte, fiel ein Lichtstrahl durch eine sich öffnende Tür auf der anderen Seite des Raums der Alpträume. Schnell schloss ich die Tür, an der ich mich festhielt, und zeichnete das Verschlusssymbol auf das Holz. Dann schüttete ich mit zitternden Händen die Knochen aus meiner Tasche auf den Boden.

„Wo ist der Stab von Sullivan?", flüsterte ich.

Geradeaus, las ich auf dem, den ich wählte.

Aber... da war nichts. Keine Gänge, außer dem, in dem ich mich befand, oder Türen, durch die man gehen konnte. Nur ein Blecheimer mit schmutzigem Wasser auf dem Boden und ein paar Wischmopps, die an der Wand lehnten. Rote Wandteppiche hingen in Rollen von der Decke und bauschten sich wie Wolken in einem Sturm. Etwas tropfte ständig aus ihnen heraus. Kein Stab von Sullivan in Sicht.

„Verdammte Scheiße." Ich zischte durch die Zähne, legte den Knochen hin, schloss die Augen, ordnete sie neu an und wählte dann einen anderen.

Geradeaus.

Ich ballte meine Hände zu Fäusten und sprang zur Wand. Sicher gab es einen versteckten Riegel oder eine Falltür oder irgendetwas, das ich übersah. Ich warf die Wischmopps aus dem Weg, ohne mich darum zu kümmern, wie viel Lärm ich machte, und legte meine Handflächen flach gegen die Oberfläche, tastete und suchte. Nichts. Nichts als Wand. Hatten die Knochen aufgehört zu funktionieren?

Ich holte frustriert Luft und wollte mich gerade wieder zu ihnen umdrehen, als ich etwas Glänzendes und Neues auf dem Boden liegen sah. Ein weißer Besenstiel, das Holz auf Hochglanz poliert. Verdammt schick für einen Besenstiel. Ich ließ meinen Blick daran hinuntergleiten, und mein Geist blitzte zurück zu jener Nacht, als Ryze ihn gestohlen hatte. Seine Hand hatte das abgerundete Ende bedeckt, aber der Rest hatte ausgesehen wie jeder andere Stab. Ein Stab, den jemand sorgfältig versteckt hatte, indem er einen Wischmopp daran befestigt und ihn dann vor aller Augen versteckt hatte.

Ich riss ihn vom Boden, und sobald ich das tat, durchzuckte eine Welle magischer Energie meine Fingerspitzen. Reine, gute, weiße Magie, die überhaupt nicht in Ryzes Schloss gehörte. Das war er. Ich hatte es geschafft. Ich umklammerte ihn fester, konnte es kaum glauben. Was, wenn das eine Art Trick war, wie wenn ich versuchen würde, mit ihm hier rauszugehen und eine Falle auslösen würde? Das war wahrscheinlich der Fall, aber ich hatte zwei von drei Schritten geschafft, und hey, ich war noch nicht tot.

Nachdem ich meine Knochen wieder eingesammelt hatte, spähte ich durch einen Spalt in der Tür. Der Gang schien leer zu sein. Vorerst.

Ich schlängelte mich hinaus, der Stab unter meiner Handfläche wurde vor Schweiß glitschig. Am Ende des Ganges zuckte ein Blitz vor einem Fenster und beleuchtete eine dunkle Gestalt, die dort stand. Beobachtend. Wartend. Ich hielt an und erstarrte, mein Blick glitt den Arm der Silhouette hinunter zu dem, was sie trug – ein Folterinstrument. Eines, das ich schon einmal gesehen hatte, das einen Zahn extrahiert hatte.

„Ich erspare dir die Mühe, Morrissey", knirschte ich. „Meine Zähne flüstern alle genau dasselbe. Willst du raten, was das sein könnte?"

Stille, so beständig wie ihre Regungslosigkeit.

„Fahr zur Höll— Ahhh." Ich schlug mir die Hand vor den Mund, als etwas Metallisches hart an meinen Zähnen entlangschrammte und einen schrecklichen Schauer durch jeden einzelnen Knochen jagte. Sie hatte sich jedoch keinen Zentimeter bewegt, war immer noch nur eine Silhouette.

Ich wollte sie selbst in die sieben Höllen schicken, aber ich wollte noch mehr mit dem Stab von hier verschwinden, also drehte ich mich um und rannte. Ein Schritt von ihr weg brachte ein weiteres hartes Schaben mit sich, nicht in meinem Mund, sondern hinter meinen Augenhöhlen. Ich schrie auf und stolperte, der resultierende Hirnschauer erschütterte mein Gehirn so heftig, dass es gegen meinen Schädel prallte.

„*Occidere*!" Der Tötungszauber kam als gequälter Schrei heraus. Ein schwarzer Ball formte sich in meiner Handfläche und schleuderte auf Morrissey zu, aber ich verfehlte sie, zu gequält, um zu zielen.

Schmerz schabte die Innenseite meines Schädels hinunter und schien in jedem einzelnen meiner Zähne zu hallen.

Mein Zauber krachte in die roten Wandteppiche und riss ein Loch direkt über Morrisseys Kopf hinein. Eine Flut von toten Körpern ergoss sich direkt auf sie. Dutzende und Aberdutzende, alle blutend und verstümmelt, genau wie die, die ich auf der Straße gesehen hatte, nur weniger stinkend. Sicherlich Magie.

Zeit zu gehen. Ich umklammerte den Stab fest und eilte so schnell ich konnte in die entgegengesetzte Richtung.

„Binde dich in Gesundheit", zischte ich, aber das stetige Schaben, das meine Knochen hinaufkroch, verwandelte meine Stimme in Staub.

Hinter mir krachten immer mehr Körper laut aus den Wandteppichen über mir zu Boden, als wären sie aus Bergen gemacht. Es war, als hätte ich eine Kettenreaktion ausgelöst. Oder eine Falle ausgelöst. Wohin ich mich auch wandte, sie folgten mir auf den Fersen und spritzten Blut meinen Rücken hoch und runter. Ich rannte schneller. Jeder Knochen in meinem Körper klingelte, und ich biss fest auf meine Backenzähne.

Der Flur bog erneut ab, und direkt vor mir öffnete sich ein Loch in der Decke. Nicht aus den roten Wandteppichen, sondern in der Luft selbst. Ein Kopf lugte hindurch, und ich stand Auge in Auge mit einer der Gestalten mit blauen Haaren.

„*Occid—*"

„Warte!" Einer von ihnen streckte blitzschnell einen Arm aus.

Der andere erschien ebenfalls in dem Loch und schob seine Kapuze zurück. Es war Jon.

Seine Augen weiteten sich, als die Wandteppiche hinter mir aufrissen. „Jetzt, Echo!"

Zwei Arme griffen hindurch und zogen mich in das Loch hinauf.

Als ich mich aufrichtete, wurde mir klar, dass ich jetzt in einem Teil des Schlosses stand, den ich noch nicht entdeckt hatte – ein kleines Schlafzimmer, das einem Diener gehört haben könnte. Abgesehen von uns dreien waren wir allein.

„Bei den sieben Höllen, Dawn, das Gewicht dieser Körper hätte dich zerquetschen können", sagte Jon. „Sie sind so verzaubert, dass jeder eine Tonne wiegt."

Hatten sie also Morrissey zerquetscht? Götter, ich hoffte es.

Echo zog ihre Kapuze herunter und grinste. „Ich wusste, dass dieser Sofort-Mordloch-Zauber noch nützlich sein würde. Hast du uns vermisst?"

Erleichterung trieb mir Tränen in die Augen. „Was macht ihr—" Meine Knie gaben nach, aber Jon eilte nach vorne, um mich aufzufangen. Echo ebenfalls. Beide hatten blaue Haare. Ich war noch nie so froh gewesen, sie in meinem Leben zu sehen.

„Keine Magie mehr für dich", flüsterte Jon.

Ich wollte argumentieren, dass es nicht die Magiersvergessenheit war, die mir fast die Beine unter dem Körper wegzog, aber meine Zähne klapperten mit schmerzhaftem Knirschen gegeneinander.

„Ist das er?" fragte Echo und zeigte auf den Stab, den ich fest in meiner Hand hielt.

Ich nickte.

„Dann lass uns ihn hier rausbringen."

Sie führten mich den Gang hinunter und mussten mich immer mehr stützen, während ich stetig erschlaffte. Wir näherten uns dem großen Eingang durch den Raum, in dem ich Ryzes Statue umgeworfen hatte, und die Stille dahinter drückte sich in meine Haut. Wo waren alle? Suchten sie alle nach mir?

Ich keuchte bei dem Anblick vor mir auf, sobald wir die roten Vorhänge passierten. Alle, die an den langen Tischen gesessen hatten, saßen jetzt mit dem Gesicht voran in ihre Teller gesackt. Einige ruhten ihre Köpfe auf den Schultern ihrer Nachbarn, aber alle hatten ihre Augen geschlossen, vollkommen still und lautlos.

Echo rückte meinen Arm auf ihrer Schulter zurecht und blickte mit einem Grinsen zu mir herunter. „Es ist wirklich schade, dass nicht jeder den Gifterkennungszauber kennt, den du mir beigebracht hast. Keine Sorge. Sie schlafen." Sie zwinkerte, ihr Grinsen wurde breiter. „Denke ich."

Kapitel Vier

Seph, die immer noch über ihrem Bett schwebte, hatte sich ein winziges Stück bewegt.

Sobald wir drei mit dem Stab zur Nekromanten-Akademie zurückgekehrt waren, und nachdem wir in Mayvel andere Heiler besucht hatten, damit sie mich heilen konnten, überfielen uns meine Eltern im Eingangsbereich mit den Neuigkeiten. Wir gingen sofort zu Sephs Zimmer.

„Was bedeutet das?", flüsterte ich meiner Mutter zu, mein Blick auf Seph geheftet. Sie hatte sich ein wenig seitwärts zum Stein gedreht, als würde dessen Gewicht ihren Arm zu Boden ziehen.

„Ich wünschte, ich wüsste es", sagte Mama. „Sie hat das gerade erst gemacht."

Und wir waren gerade erst angekommen. Zufall? Oder Wunschdenken? Wahrscheinlich Letzteres, aber sicherheitshalber richtete ich den Stab auffällig auf den Stein in ihrer Hand, da ich nicht wusste, was er bewirken könnte. Nichts geschah.

„Wir werden sie weiterhin im Auge behalten", sagte Papa mit einem ernsten Nicken.

Jon stieß einen wehmütigen Seufzer aus. „Bitte lasst es uns wissen, wenn sich noch etwas ändert."

„Natürlich." Mama ließ ihren Blick zu mir schweifen und fixierte mein Gesicht, genauer gesagt mein Kinn. „Ist das Blut, Dawn?"

Verdammt, mein Gesicht verrät einfach alles.

Ich wischte mit der Hand darüber. „Wahrscheinlich nur Soße. Du weißt ja, wie ich mit Essen bin."

„Geht es dir gut?", fragte sie. „Du siehst aus, als wärst du durch alle sieben Höllen gegangen und wieder zurück."

Wahrscheinlich, weil ich den Stab von Sullivan holen musste. „Mir ging's nie besser. Muss los. Tschüss."

Wir eilten schnell raus, und kaum hatte Jon die Tür hinter uns geschlossen, sprang sie wieder auf.

„Wartet", hauchte Mama, ihre Augen weit aufgerissen, und schaute dann über ihre Schulter. „Sie hat sich schon wieder bewegt."

Wir eilten zurück, um nachzusehen. Tatsächlich, die Hand, die auf ihrem Bauch ruhte, streckte sich aus, die Finger gespreizt, fast wie eine „Geht nicht!"-Geste. Ein Funke Hoffnung flammte in mir auf. Mein Herz raste, als ich zu ihr eilte und sanft meine Hand in ihre legte.

„Was ist los, Seph? Wir sind hier. Was brauchst du?", brachte ich hervor.

Jon trat neben mich und streichelte mit einer herzzerreißend sanften Bewegung seiner Finger ihre Wange. „Komm zurück."

Echo stand angespannt neben mir, ihre Augen musterten Seph. Wir standen eine gefühlte Ewigkeit da, warteten und beobachteten und hielten den Atem an. Aber nichts weiter geschah.

„Müssen wir wieder gehen?", flüsterte ich.

„Ich weiß nicht", seufzte Mama. „Versucht es."

„Das ist gut." Papa fing meinen Blick über Seph hinweg auf und nickte, ein hoffnungsvolles Lächeln im Gesicht. „Jede Bewegung, jede Veränderung ist ein gutes Zeichen. Besonders nach all diesen Monaten."

„Götter, ich hoffe es", murmelte Jon und rieb sich die Stirn.

„Warum jetzt?", fragte ich und ging wieder zur Tür. „Weiß sie etwas, das wir nicht wissen? Liegt es daran, dass die Steine einer nach dem anderen zerstört werden?

Hat sie Angst? Ist sie..." Ich schluckte, zu aufgeregt und nervös und verängstigt, um zu wissen, worauf ich zuerst Antworten wollte.

Jon und Echo kamen auf mich zu, und Jon drückte meinen Arm. „Atme, Dawn. Lass uns gehen und sehen, ob sie es wieder tut."

Meine Eltern nickten, ihre Heileramulette, die sie als Schmuck trugen, klimperten in einer besonderen Melodie.

Ich zwang meine Füße, die letzten paar Schritte zu gehen, und dann schloss Echo die Tür hinter uns. Wir warteten... und warteten. Meine Schultern sackten herab, aber ich hielt diesen Funken Hoffnung fest umklammert und bewahrte ihn in meinem Herzen. Sephs Bewegung war ein Fortschritt.

Mit einem niedergeschlagen klingenden Seufzer deutete Echo uns mit einem Kopfnicken, ihr zu folgen. Wir schritten den Flur entlang zum überfüllten Eingangsbereich, und als wir um die Ecke zur Treppe des Mädchenflügels bogen, flogen die Eingangstüren der Akademie auf.

„Das Ministerium für Strafverfolgung hat einen Raben geschickt!", rief ein alter Magier mit silbernen Augenbrauen.

Alle, die sich zufällig in der Eingangshalle befanden, blieben stehen und starrten.

„Der fünfte Stein wurde zerstört!", verkündete er.

Ein ängstliches Murmeln ging durch die Menge.

Mein Magen verkrampfte sich heftig. Nur noch ein Stein war übrig. Wenn wir nicht einen Weg fänden, ihn zuerst zu zerstören, würde Ryze kommen, um ihn in Sicherheit zu bringen, ob er nun an Seph befestigt war oder nicht. Aber mit fünf von sechs Steinen zerstört, wäre er noch schwächer. Schwach genug, dass wir ihn besiegen könnten?

Wir rannten die Treppe hinauf und sagten kein Wort, bis Jon die Tür zu meinem Zimmer hinter sich zuschlug.

„Er kommt als Nächstes hierher", zischte er und fuhr sich mit den Händen durch die Haare. „Er kommt wegen Seph."

„Und er wird Verstärkung mitbringen." Echo blies sich die Haare aus dem Gesicht. „Was glaubt ihr, wie lange es dauert, bis er hier ist?"

„Tage. Vielleicht Wochen. Wer weiß?", ich sank auf mein Bett, der Druck war zu groß, um meine Knie zu halten. „Wir haben den Stab, aber wir wissen nicht, was er tut oder warum er für Ryze wichtig ist. Was, wenn wir keine Zeit haben, es herauszufinden?"

Jon begann auf und ab zu gehen. „Vielleicht müssen wir das auch gar nicht. Vielleicht können wir ihn töten, bevor er den Onyx in die Finger bekommt."

„Das ist aber keine Garantie", sagte ich.

Echo fing meinen Blick auf. „Nichts ist das, aber das hat dich noch nie davon abgehalten, es trotzdem zu versuchen."

„Ich habe versucht, in Ryzes Schloss hinein und wieder heraus zu kommen. Ohne euch beide wäre ich gescheitert. Ich verdanke euch mein Leben. Danke." Ich sah zu beiden und versuchte, ihnen zu vermitteln, wie ernst es mir damit war.

„Du musst nichts alleine machen, Dawn, auch wenn ich verstehe, warum du es getan hast", murmelte Echo.

„Weil ich nicht will, dass noch jemand verletzt wird." Ich nickte und seufzte. „Wie habt ihr das überhaupt gemacht?"

Echo grinste verschmitzt. „Wir haben uns durch die Küche eingeschlichen und einen Schlaftrank ins Essen gemischt. Für unsere Haare haben wir uns von dir inspirieren lassen und Blaubeeren statt Kohle hineingerieben."

„Nachdem wir die Blutbindung gebrochen hatten", sagte Jon. „Wir wollten nicht, dass du spürst, dass wir da sind, und dann in Panik gerätst."

„Ich bin ganz von alleine in Panik geraten", gab ich zu und schaffte ein schwaches Lächeln. „Mit Sephs Leben und eurem steht zu viel auf dem Spiel, wenn Ryze hier auftaucht."

„Und dein Leben", fügte Echo hinzu. „Vergiss das nicht. Wir stecken da gemeinsam drin."

Ich nickte, und meine Augen brannten. Sie hatten alles für mich riskiert, genauso wie ich es für sie tun würde, und dafür brauchte ich keine Blutbindung.

„Wenn Professor Lipskin uns nur helfen und sich mit den anderen Magiern verbünden lassen würde..." Er warf die Hände in die Luft. „Das wäre schon mal ein Anfang."

Trotz guter Absichten schien Professor Lipskin in seiner inoffiziellen Rolle als Schulleiter dagegen zu sein, Schüler in diesen Krieg einzubeziehen. Ich verstand das, stimmte aber nicht zu, wenn das irgendwie Sinn ergab.

Echo presste ihre Lippen zu einer festen Linie zusammen. „Das ist nicht die Zeit für Spaltung. Wir müssen zusammenarbeiten."

„Ich bin sicher, der Professor weiß, dass wir bereit sein müssen", sagte Jon, „denn wenn wir es nicht sind und Ryze auftaucht, könnte jeder hier begrabene Tote unter seiner Kontrolle stehen. Mehr für seine Armee. Ja, wir haben die Toten gerochen, als wir nach Keptra kamen."

Ich ballte meine Hände zu Fäusten. „Also kommen wir Ryze zuvor. Wir erwecken jeden Toten."

Echo zog ihre Augenbrauen hoch, als sie sich auf Sephs Bett mir gegenüber fallen ließ. „Jeden Toten?"

„Jeden Toten, einschließlich der sechs Millionen in den Katakomben und dem Riesen, in dem sich die Katakomben befinden. Ryze wird eine Armee mitbringen, aber wir werden eine größere haben."

„Bei allen Magiern." Echo lehnte sich vor und stützte ihre Ellbogen auf die Knie, während sie mich kritisch musterte. „Hast du schon mal von der Erschöpfung eines Magiers gehört?"

„Sie hat Recht", sagte Jon. „Es ist unmöglich, sechs Millionen Menschen in der kurzen Zeit zurückzubringen, die wir haben."

„Und da die Magie sowieso verrücktspielt, wird ein Nekromantie-Zauber wahrscheinlich noch ungenauer funktionieren. Aber" – Echo nickte – „ich kann an deinem Gesicht sehen, dass du meine Ausreden satt hast, also halte ich den Mund. Nur damit du weißt, dass ich dabei bin, aber ich möchte, dass du das von allen Seiten betrachtest."

„Das tue ich. Ich versuche es", korrigierte ich mich. „Danke."

„Gern geschehen." Sie grinste, warm und aufrichtig.

Dringendes Klopfen ertönte von außerhalb der Tür.

Jon drehte sich um, um zu öffnen, und ein Rabe flog ihm mit einer Pergamentrolle im Schnabel ins Gesicht.

„Whoa!" Jon warf die Arme hoch, um sich zu schützen. „Whoa!"

Echo kam ihm zuerst zu Hilfe und nahm das Pergament an sich. Der Rabe krächzte mich an und flog dann davon.

„Was zum Teufel?", fragte Jon und hielt sich die Wange.

„Geht es dir gut?", fragte ich und suchte in seinem Gesicht nach Verletzungen. Ein langer roter Kratzer zog sich über seine Wange.

„Oh nein." Echo hatte das Pergament bereits entrollt und drehte es zu uns.

ER stand darauf, in blutigen Buchstaben geschrieben.

Mein Magen verkrampfte sich, und kalter Schweiß bildete sich auf meiner Haut. ER. Ryze. Bedeutete das, dass er jetzt gerade hier war? Aber... wir waren nicht bereit. Nicht mal ansatzweise.

Jon wurde blass, als er scharf die Luft einsog. „Seph!"

Er schoss aus dem Zimmer, Echo dicht auf den Fersen. Für einen halben Moment stand ich wie erstarrt vor Angst da. Meine Muskeln hatten sich verkrampft, als versuchten sie zu leugnen, dass etwas nicht stimmte. Ich hatte in letzter Zeit zu viele wichtige Menschen in meinem Leben sterben sehen, und ich würde zerbrechen, wenn ich noch mehr sehen würde. Mit großer Anstrengung zwang ich meinen Körper, sich zu bewegen, schnell, und meine Beine rissen mich zur Tür hinaus.

Wenn es nicht Seph war, die aufgewacht war und unsere Hilfe brauchte, wer dann?

Auf halber Treppe echoten Schreie aus dem Kranken-flügel.

Ich stöhnte auf, als ich an Geschwindigkeit zulegte, um Jon und Echo einzuholen, die bereits in diese Richtung rannten. Tränen verschleierten meinen Blick, aber ich ignorierte sie und griff nach meinem Dolch in meinem Stiefel. Ich würde bis zum letzten Atemzug für Seph kämpfen und dann aus dem Tod zurückkehren und weiterkämpfen.

Im Krankenflügel angekommen, schreckten wir drei vor dem Anblick vor Sephs Tür zurück. Die Magier, die noch vor Minuten ihr Zimmer bewacht hatten, lagen in verdrehten Haufen auf dem Boden. Wie Vickie, nur schlimmer. Einige waren wie sie in der Mitte gebogen, aber noch mehr gebrochen, sodass Körperteile neben anderen lagen, wo sie nicht hingehörten. Ihre leeren Blicke ließen mich bis ins Mark erschaudern.

„Oh Götter." Echo bedeckte ihren Mund.

Jon sprintete vorwärts und sprang über die Toten zur Tür. Von drinnen waren Schläge und Krachen zu hören. Als Jon versuchte, die Tür zu öffnen, und sie sich nicht bewegte, trat er sie kurzerhand ein.

Drinnen... Drinnen herrschte Chaos.

Professor Lipskin hatte seine Hände um Sephs Hals geschlungen und würgte sie, die Decke, die ihre schwebende Gestalt bedeckte, verdeckte alles außer seinem leeren Gesichtsausdruck. Seine Augen wirkten glasig, als würde er schlafwandeln, als würde jemand anderes die Fäden ziehen. Dad rappelte sich gerade vom Boden auf, seine Unterlippe war aufgeplatzt und blutete, sein linkes Auge war blau geschlagen. Mom lag bewusstlos in der Ecke, unter ihrem blutigen Finger lag ein Stapel Pergament. Ihre Augen waren geschlossen, und sie bewegte sich nicht.

Ich versuchte, alles in einer einzigen Sekunde zu verarbeiten, und dann bewegte ich mich, Wut trieb mein Adrenalin an. Aber Jon sprang vor mich und raste mit einem Kampfschrei auf den Professor zu.

Er streckte seine Hände aus, während der Professor seine Finger fester um den Hals seiner Prinzessin schloss. *„Et demetam posteriora tua."*

Der Weg-mit-dir-Zauber traf den Professor frontal in einem mächtigen, cremeweißen Strahl aus Magie. Der Professor flog rückwärts gegen die Wand. Ein kleiner Krater bildete sich an der Stelle, wo er aufprallte, und Steinbrocken regneten auf ihn herab, als er bewusstlos zu Boden fiel.

Ich wandte mich Dad zu, mein Kiefer klappte vor Staunen herunter.

„Kümmere dich um deine Mutter", krächzte er und spuckte dann Blut. „Ich sehe nach deiner Freundin."

Obwohl er auch Heilung brauchte, widersprach ich nicht. Ein richtiger Heiler kümmerte sich immer zuerst um den Patienten, bevor er sich um jemand anderen sorgte, und mein Dad war definitiv ein richtiger Heiler.

Ein Schluchzen stieg in meiner Kehle auf, als ich zu Mom eilte. Mein Herz zog sich zusammen, als Panik meine Adern durchflutete, und meine Finger zitterten, als ich nach einem Puls suchte. Mein Gehirn blitzte zurück zu jener Nacht, als ich Leo gefunden hatte, das Gefühl völliger Hilflosigkeit, während ich über einem geliebten Menschen kniete. Götter, wenn Mom auch tot wäre, würde ich–

Nein. Konzentriere dich, Dawn.

Aber ich konnte keinen Puls finden, als ich meine Fingerspitzen über ihre unglaublich weiche Haut gleiten ließ, nicht mit meinen so stark zitternden Händen.

Warte. Da. Da war er, schwach, aber stetig.

„Binde dich in Gesundheit, Schütze Geist und Seele auch, Stärke Kraft und Freude, Lass alles sich erneuern."

Meine schwarze Magie spann ein Netz über ihr Gesicht, und dann zwickte ich es zwischen zwei Fingern und zog es weg. Sie sog einen langen Atemzug ein, ihre Augen flatterten auf. Sie saß da und blinzelte für einen langen Moment, und ich blickte über meine Schulter, um zu sehen, wie die anderen drei starrten. Dad drehte seinen

Kopf, nicht ganz die erleichterten Tränen in seinen Augen verbergend, als er seine Hand unter Sephs Handgelenk wegzog. Jon strich mit seiner Hand über Sephs Stirn, und Echo starrte Professor Lipskin an, als fordere sie ihn heraus aufzustehen.

„Sie ist okay", versicherte mir Dad, seine Stimme brach ein wenig, und ich war mir nicht ganz sicher, wen er meinte – Mom oder Seph.

„Hey." Eine sanfte, vertraute Wärme ergriff meine Hand und drückte sie, füllte meine Augen mit Tränen. Als ich mich zu Mom zurückwandte, liefen sie über, und sie streckte die Hand aus und wischte sie weg, immer mehr um mich besorgt als um sich selbst.

„Geht es dir gut?", quiekte ich.

„Ein mächtiger Heiler hat gerade Wunder an mir vollbracht." Sie zuckte leicht zusammen, als sie sich von der Wand wegzog, etwas von ihrem blonden Haar klebte an einer blutigen Stelle an der Wand. „Aber deine Magie fühlt sich so kalt an."

Ich senkte den Kopf, unfähig, ihr in die Augen zu sehen, und sagte nichts.

„Warum hat dein Professor das getan?", fragte sie. „Sein einziges Ziel war es, zu Seph zu gelangen."

„Er schlafwandelte", antwortete Jon.

„Professor Wadluck, einer von Ryzes Handlangern, weiß, wie man Menschen kontrolliert, die schlafen", fügte ich hinzu. „Er hat dasselbe mit Seph gemacht."

Mom warf einen Blick über meine Schulter zu Dad. „Ich dachte, er wäre im Gefängnis?"

Der Raum wurde still. Ryze hatte vielleicht darauf gewartet, dass wir ein Gefühl des Sieges nach der Zerstörung des fünften Steins verspürten, bevor er den Professor aus dem Gefängnis befreite, um seine besondere Art von Magie zu wirken und uns unvorbereitet zu erwischen. Er wäre fast erfolgreich gewesen.

„Was machen wir jetzt?", fragte Echo.

Ich stand auf. „Ryze ist geschwächt, da fünf Steine weg sind, also müssen wir bereit sein."

Wir waren kläglich unvorbereitet, Ryze zu besiegen, ob ich nun den Stab von Sullivan gestohlen hatte oder nicht. Aber – ich versenkte meine Hand in meine Tasche und berührte das Zwillingsauge – mit ein wenig Hilfe könnten wir bereit sein.

Kapitel Fünf

ALS OB ICH GERADE angekommen wäre, stürmte ich durch die Türen der Nekromanten-Akademie. Köpfe drehten sich. Kinnladen klappten herunter. Ich hatte alle sprachlos gemacht. Na ja, nicht ich genau ...

„Schulleiterin Millington!", rief ein älterer Magier in einem schwarzen Umhang und mit trüben Augen, als er nach vorne eilte, um meine Hände zu ergreifen. „Wo waren Sie all diese Monate? Während Sie weg waren, sind sowohl ein Schüler als auch ein Professor gest-"

„Ich weiß", sagte ich lauter als nötig, damit die anderen, die sich um uns versammelten, es hören konnten. „Ich musste wegen einer Angelegenheit von größter Wichtigkeit fort. Ich war auf einer geheimen Mission, um Ryze zu besiegen."

Ein kollektives Keuchen und dann aufgeregtes Geplap-
per durchdrang den Eingangsbereich. Ich hielt meinen
Rücken gerade, das Kinn selbstbewusst angehoben,
während ich innerlich vor Wut kochte. Ich hatte gerade
ein heroisches Rampenlicht auf die Schulleiterin gewor-
fen, das genaue Gegenteil davon, sie leiden zu lassen und
zu töten. Das war jedoch der einzige Weg, den ich kannte,
um jemanden zum Zuhören zu bringen. Als Dawn war ich
eine Neunzehnjährige, die nicht einmal ihr erstes Studienjahr beendet und zweimal gegen Ryze versagt hatte. Als
Schulleiterin konnte ich die Befehle geben, da ich wusste,
was getan werden musste, und die Leute würden zuhören.
Das hoffte ich zumindest.

„Ich brauche jeden sofort im Versammlungsraum. Sagt
allen, sie sollen sich beeilen." Ich wich dem alten Magier
aus und versuchte, so auszusehen, als würde ich schweben,
wie es die echte Schulleiterin beim Gehen tat.

Glücklicherweise zerstreute sich die Menge, immer
noch vor Aufregung summend.

Nachdem sich alle an den Tischen im Versammlungsraum gesetzt hatten, schritt ich selbstbewusst aus
dem Hinterbühnenbereich hervor, wobei mein Er-
scheinen ausreichte, um alle auf einmal verstummen
zu lassen. Ich versuchte, meinen Gesichtsausdruck fre-

undlich und ruhig zu halten, wie sie es tat. Ich versuchte es jedenfalls.

„Wie ihr alle sicher wisst, ist der Onyxstein der einzige, der noch zerstört werden muss", begann ich, wobei die Magie des Versammlungsraums meine Stimme verstärkte. „Ryze wird sicherlich kommen, um uns den Stein wegzunehmen. Das dürfen wir nicht zulassen. Wir müssen nicht nur bereit sein zu kämpfen, sondern bereit sein, bis zum Tod zu kämpfen. Also müsst ihr euch jetzt entscheiden. Seid ihr bereit oder nicht? Wenn nicht, bitte ich euch, jetzt zu eurer eigenen Sicherheit zu gehen. Wenn ihr bereit seid, dann bitte ich euch, Leute, die ihr kennt und denen ihr vertraut, zu kontaktieren, damit sie hierher kommen, um zu kämpfen. Ryze wird wahrscheinlich eine Armee mitbringen, also müssen wir vorbereitet sein. Hier ist also mein Vorschlag. Wir tun das, worum es in dieser Akademie geht, und nutzen die Nekromantie zu unserem Vorteil, um unsere eigene Armee aufzubauen, bevor Ryze die Körper hier für seine eigenen Zwecke benutzt. Das bedeutet, alle Körper hinter den Bücherregalen in der Bibliothek, alle Friedhöfe auf dem Akademiegelände und die Katakomben gehören uns. Wenn – falls – unsere Wiederbelebten fallen, werden sie zurückgebracht, um sich unserer Seite im Kampf anzuschließen."

Eine Magierin in Lederkleidung blinzelte zu mir auf, ihr Kiefer auf dem Schoß. „Es gibt sechs Millionen Leichen in den Kata-"

„Ich weiß, wie viele Leichen es gibt. Ich verlange nicht von euch, sie alle zurückzubringen, nur so viele, wie ihr könnt, ohne in die Vergessenheit des Magiers zu fallen. Ihr werdet eure Ruhe für diesen Krieg brauchen, aber ich bitte euch, in Schichten und Paaren zu schlafen, damit der andere euch beobachten kann. Ryze und seine Schergen haben den Schlaf als Waffe benutzt. Zwischen dem Ausführen von Nekromantie und dem Auffüllen eurer magischen Reserven durch Schlaf und Ruhe könnt ihr erforschen, wie man den Onyx sicher von Sepharalotta wegbekommt."

Ein anderer männlicher Magier meldete sich zu Wort. „Aber ... Ryze ist angeblich ein Experte für Nekromantie. Selbst wenn wir das tun, was hält ihn davon ab, alle Wiederbelebten auf unserer Seite auf seine Seite zu rufen?"

Zum Glück hatte ich das bereits bedacht, während ich über Aufstände gegen Anführer recherchierte und den Rest des Schuljahres nicht am Unterricht teilnahm. „Wir nutzen die Landschaft der Unheimlichen Insel zu unserem Vorteil. Wir müssen die Dorfbewohner warnen und sie von hier wegbringen, sowie Magie auf der ganzen Insel zugänglich machen. Wenn Ryze zu gewinnen beginnt oder wenn seine Armee zu groß wird, lenkt den Kampf zu den Klippen oder zum Ozean und lasst die Strömungen sich um die Wiederbelebten kümmern. Oder lenkt sie in Richtung Stille."

Es hatte eine Weile gedauert, aber ich hatte eine Vorliebe für diesen verrückten Teich entwickelt.

Die Magier nickten, ihre Augenbrauen gehoben, als ob sie beeindruckt wären.

„Ich werde eine Liste derjenigen erstellen, die nicht von den Toten zurückgebracht werden sollten, um unseren Krieg zu kämpfen. Wenn ihr etwas hinzufügen möchtet, lasst es mich wissen."

Echo schloss ihre Augen und lächelte ein wenig, ihre Erleichterung strahlte von ihr aus. Ich brauchte keine Blutbindung, um es zu spüren. Ihr Craig, mein Ramsey, die dunklen, eingekerkerten Magier, die draußen begraben waren, und die Teuflischen, die beim Schutz des Steins gestorben waren, standen ganz oben auf der Liste.

„Wenn sie zustimmen, setze ich Professor Pain, Mrs. Tentorville, Professor Blumgart und Professor Lipskin als Verantwortliche ein." Vier ältere Magier, um alle zu beruhigen, denn wir wollten ja nicht, dass Teenager einen Aufstand anführen, oder?

Sie nickten alle feierlich, sogar Professor Lipskin, dessen Augen blutunterlaufen waren. Er war am Boden zerstört gewesen, als er wieder zu Bewusstsein gekommen war und entdeckt hatte, was er im Schlafwandeln zu tun versucht hatte. Ich war mir nicht sicher, ob er jemals wieder schlafen würde.

„Ihr werdet alle acht Stunden einem von ihnen über eure Fortschritte berichten, woraufhin sie mich informieren werden", fuhr ich fort. „Bis dahin, lasst uns Amaria retten."

Jon sprang von seinem Sitz auf und reckte seine Faust in die Luft. „Lasst uns Amaria retten!"

„Lasst uns Amaria retten!", echoten mehrere, und ein lauter Jubel brach im ganzen Versammlungsraum aus.

Die Hoffnung in ihren Gesichtern hätte mich fast zum Lächeln gebracht. Wenn nicht dieses tief verwurzelte Unbehagen in mir gewesen wäre, hätte ich es wahrscheinlich getan. Pläne waren großartig, wenn sie funktionierten, aber wenn Menschenleben so auf der Kippe standen... Der Druck versengte meine Nerven. Wir hatten nur einen Versuch, erfolgreich zu sein, und wenn wir es nicht schafften, würde Ryze weiter herrschen und es gäbe keine Rettung für Amaria.

„ER IST HIER."

Die Worte kamen über meine Lippen, aber ich hatte keine Ahnung, warum oder wie sie mir entschlüpft waren. Meine Umgebung verschwamm um mich herum, zu verzerrt, um sie klar zu sehen, egal wie oft ich blinzelte. Was passierte hier? Zuletzt war ich in meinem Schlafsaal gewesen, sicher in meinem Bett mit Nebbles zu meinen Füßen, kurz davor einzuschlafen.

Schlafwandelte ich? Nein, denn Echo hatte mir gegenüber auf meinem Bett gesessen und mich beobachtet, um sicherzugehen, dass ich es nicht tat. Außerdem wusste ich, dass sie es wirklich war, weil Jon, sie und ich den Blutbund erneut vollzogen hatten, diesmal ohne Ramsey.

„Ja, er ist hier", sagte eine andere Stimme, tiefer und definitiv nicht meine. „Du hast ihn mit deinem dunklen, gebrochenen Herzen hereingebracht. Seins war auch gebrochen. Du bist genau wie er."

„Das habe ich nicht", versuchte ich zu sagen. „Ich bin nicht so." Mein Mund funktionierte jedoch nicht richtig, genauso wenig wie meine Gliedmaßen. Ich hatte keine Kontrolle.

Eine Gestalt tauchte aus der Leere vor mir auf, groß und imposant. Ryze. Sein dunkles Haar wirbelte um seine breiten Schultern in einer Brise, die in den fensterlosen Räumen der Nekromanten-Akademie eigentlich nicht existieren sollte. Ein Schauer durchfuhr meinen Körper, als ich versuchte, zurückzuweichen.

„Sollte ich erneut sterben, kannst du meine Seele spalten und mir dann helfen, zurückzukehren. Wenn du das tust, Dawn, werden wir beide herrschen. Gleichberechtigt. König und Königin von ganz Amaria." Sein Grinsen verzerrte die Narbe auf seiner rechten Wange. Er legte seinen Finger unter mein Kinn. „Ich werde dir alles geben, von dem du nie wusstest, dass du es wolltest."

Sein Berührung ließ meinen Magen sauer werden, und all die Dinge, die ich ihm entgegenschreien wollte, vertrockneten auf meiner nutzlosen Zunge. Warum konnte ich mich nicht bewegen?

„Du glaubst mir nicht, oder?" Er schnalzte mit der Zunge. „Schade. Lass mich dir erzählen, was ich für Morrissey getan habe."

Er zeigte vor mich, und unsere verschwommene Umgebung schärfte sich zu einem vertrauten Raum in seinem Schloss. Ich erkannte die kunstvoll detaillierten roten Vorhänge und Gemälde. Morrissey saß dort am Feuer mit einem kleinen Mädchen, das ich von einem Bilderrahmen kannte, den ich in ihrem Zimmer gesehen hatte. Ihre Schwester, hatte sie gesagt.

„Sie starb jung", sagte Ryze, „und ich brachte sie ohne einen Kratzer zurück, mit all ihrer Persönlichkeit und ihren Erinnerungen intakt. Ich kann dasselbe für dich tun. Dein Bruder. Dein Geliebter. Wen auch immer du willst." Sein heißer Atem flammte an meinem Ohr, als er sich vorbeugte. „Das würde ich für dich tun."

Er log. Es gab keine Möglichkeit, dass er das wirklich tun konnte, denn wenn die Seele nicht gespalten worden war, bevor sie durch die Geistertür gegangen war, gab es keine andere Möglichkeit, die Seele mit dem Körper zu vereinen. Und ich würde ihn weder an Ramseys Seele noch an seinen Körper heranlassen.

„Sieh sie dir an." Er zeigte auf die Schwestern. „Sieh, wie glücklich sie sind. Das könntest du sein. Alles, was du tun musst" – er winkte mit der Hand, und der Stab von Sullivan erschien in meiner Faust – „ist den Stab in der Mitte zu zerbrechen."

Meine Hand umklammerte ihn fester. Gegen meinen Willen streckte ich die andere aus und packte ihn so fest, dass meine Finger schmerzten.

„Ich bin der talentierteste Nekromant in ganz Amaria. Die Geistertür zu öffnen, ist einfach. Du hast es selbst getan. Ich kann die Seele deines Bruders mit seinem Kör-

per vereinen und ihn dir zurückgeben." Er lächelte, als er
zurücktrat. „Zerbrich den Stab, und es ist getan."

Er lügt.

Aber was, wenn nicht? Was, wenn ich Leo wieder in
meinem Leben haben könnte? Meinen großen Bruder.
Meinen Helden. Ich wäre wieder ein ganzer Mensch,
anstatt in dunklere, wütendere Stücke meines früheren
Selbst zerschnitten zu sein.

Meine Hände verkrampften sich noch mehr. Es würde
nicht viel Druck brauchen, um den Stab zu zerbrechen.

Er ist hier. Er lügt.

„Wer, Dawn? Wer ist hier?"

Ich riss meine Augen bei der neuen Stimme auf, scharf
und eindringlich in meinem Ohr. Echo stand vor mir,
ihre Augenbrauen besorgt zusammengezogen, während
sie meinen Arm fest umklammerte. Hinter ihr ragte die
Wand der Turnhalle hoch auf, und die Fackeln warfen
lange Schatten über die Hälfte ihres Gesichts.

„Die Turnhalle...", sagte ich. „Warum bin ich in der
Turnhalle?"

Echo sog scharf die Luft ein. „Du bist nicht dort. Du
bist wach in deinem Zimmer."

„Was?" Ich starrte auf den Stab in meinen Händen, und
Echo folgte meinem Blick. Die Erkenntnis traf mich hart
und ließ mich ein paar Schritte von Echo zurücktaumeln.

Wenn ich nicht schlafwandelte, dann war er auf eine andere Weise in meinen Kopf eingedrungen, hatte mich dazu gebracht, den Stab fast zu zerstören, weil er wichtig war. Irgendwie.

Mit zitternden Händen hielt ich ihn Echo hin. „Bring ihn weg von–"

Ein langes, langsames Knarren ertönte von der gegenüberliegenden Wand der Turnhalle. Langsam drehten wir unsere Köpfe, um hinzusehen, obwohl wir laut Echo an zwei verschiedenen Orten waren. Die rote Tür, die vor einer Sekunde noch nicht da gewesen war, öffnete sich, dieselbe Tür, hinter der einst der Onyx aufbewahrt worden war. Dunkelheit wimmelte darin.

„Echo", flüsterte eine Stimme. „Komm her."

Ihre blauen Augen weiteten sich. „Craig?"

„Nein!" Ich streckte die Hand nach ihr aus, aber sie schüttelte mich ab, als sie einen Schritt nach vorne machte. „Hör mir zu. Es ist Ryze, der versucht, dich zu täuschen, damit du dich ihm anschließt."

„Lügnerin", zischte die Stimme. Ein blasser, körperloser Arm ragte aus dem Türrahmen. „Ich werde es dir zeigen, wenn du herkommst."

Sie machte einen weiteren Schritt nach vorne, Tränen liefen über ihr Gesicht. Ich sprang vor, um sie aufzuhalten, aber ein Ring aus Feuer brach um mich herum aus, seine

Flammen leckten zu nah an meinem Haar und meiner
Haut. Ich zuckte zusammen und knirschte mit den Zähnen. Ryze schien ein Experte darin zu sein, unsere Verluste
zu lesen und sie uns wie einen grausamen Köder vorzuhal-
ten.

„Er ist es nicht", schrie ich über das knisternde Feuer
hinweg.

Aber Echo hörte nicht zu. Oder entschied sich, es nicht
zu tun.

Ich zielte mit einem Versteinerungszauber auf sie, aber
bevor er meine Lippen verlassen konnte, erloschen das
Feuer um mich herum und die Wandfackeln auf einmal.
Echo schrie, ein schmerzhafter, gequälter Schrei, der mir
über den Rücken kroch.

„Echo!", rief ich.

Stille.

Panik kreischte zwischen meinen Ohren, und Anspan-
nung verkrampfte meine Muskeln. Ihr Schrei war aus der
Richtung der roten Tür gekommen. Ich rannte los, völlig
blind und mit zu viel dunkler Magie, um mir den Weg zu
leuchten. Nur durch Tasten fand ich die noch offene Tür.

„Echo!", rief ich.

Hier schien es noch dunkler zu sein. Schlimmer noch,
ich war nie zuvor hier gewesen, also hatte ich keine Ahnung, wo hilfreiche Orientierungspunkte sein könnten.

Ich schluckte schwer, als ich vorwärts schlich, den Atem in meinen Lungen angehalten. Ich spitzte meine Ohren nach jedem Geräusch, aber es war keines zu hören.

„Antworte mir, Echo. Es ist nicht Craig. Er war ein Diabolischer. Er hat sein Leben geopfert, um zu versuchen, den Onyx vor Ryze zu retten. Er würde nicht wollen, dass du ihm folgst."

Ein leichtes Ziehen am Stab. Dann wieder, stärker. Viel stärker. Ich umklammerte ihn so fest ich konnte und grub meine Fingernägel so tief in die Maserung, dass sie splitterten und sich in meine Haut bohrten.

„Gib ihn mir." Ein Flüstern. Es klang wie Ryze.

„Nein", presste ich hervor.

Ein frustriertes Knurren entfuhr ihm, und er schleuderte mich durch die Luft. Ich krachte zu Boden, alle Luft aus meinen Lungen gepresst, kaum in der Lage, den Stab festzuhalten. Schmerz durchzuckte meinen Rücken und Kopf. Bewusstlosigkeit umhüllte die Ränder meines Verstandes, und ich war mir nicht sicher, ob ich dagegen ankämpfen sollte. Ryze würde töten, ob ich nun wach war oder nicht.

„Wenn du ihn nicht zerbrichst", sagte er, seine Stimme kam näher, „dann gib ihn mir."

„Warum?", brachte ich schließlich heraus.

Feuer loderte um mich herum auf, wirbelte und tobte wie ein gewaltiger Wirbelsturm. Es beleuchtete den Raum und die große, monströse Gestalt, die auf mich zustampfte. Die tanzenden Flammen verzerrten sein Gesicht, und ich fragte mich, ob die Zerstörung der fünf Steine sein Aussehen verändert hatte. Er sah aus wie ein schreckliches Biest, das aus den Eingeweiden aller sieben Höllen gerissen wurde. Ich musste mich daran erinnern, dass er jetzt schwächer war, mit nur noch einem verbliebenen Stein. Schwächer und besiegbar.

„Du bist so versessen darauf, wie deine Entscheidungen definieren, wer du bist", knurrte er, „also biete ich dir eine Wahl. Zerbrich ihn oder gib ihn mir, wenn du aus diesem Traum aufwachen willst."

Ich träumte also. Bedeutete das, dass Echo okay war, oder war sie eingeschlafen und träumte jetzt auch?

„Oder tu keins von beidem und stirb", fuhr er fort. „Weißt du, was passiert, wenn du in deinen Träumen stirbst? Lass es mich dir zeigen."

Der Boden verschwand direkt unter mir. Ich streckte meine Hände aus, als ich zu fallen begann, die Fingerspitzen einer Hand streiften und fassten dann die Kante des Bodens. Eisige Luft kroch meinen Körper hinauf, und eine dunkle Kälte prickelte über mein Bewusstsein. Zwei Gedanken kollidierten in meinem Kopf: Erstens, ich konnte mich nicht festhalten und gleichzeitig den Stab halten. Und zweitens, ich hing über der Geistertür.

Dunkle geisterhafte Präsenzen glitten um meine Knöchel und schnappten nach meinen Füßen. Sie zogen hart. Ich begann zu stürzen. Mit einem Schrei fing ich mich ab, indem ich den Stab quer über den Boden stemmte und mich mit beiden Händen festhielt. Die Geister zerpflückten meine Kraft mit ihrem ständigen Zerren an meinem Körper.

Ich versuchte, einen Zauberspruch gegen Ryze zu rufen, aber nichts kam heraus.

Er schaute auf mich herab, völlig kühl und gelassen. „Zerbrich ihn oder gib ihn mir."

Der schwache Duft von Lavendel wehte aus der Geistertür herauf, und Wärme umhüllte mich in einer liebevollen Umarmung. Leo. Er war in der Nähe.

„Keks... Equalizer...", flüsterte Leo, und genauso schnell, wie es gekommen war, verschwanden sein Duft und seine Stimme.

Ryzes Gesicht verzog sich zu einer finsteren Miene, und ich konnte erkennen, dass Leo einen Nerv getroffen hatte.

Mit einem dämonischen Schrei stürzte er auf mich zu und griff wild nach dem Stab. Aber seine Hand ging direkt hindurch. Weil dies ein Traum war? Oder weil er schwach war?

Er beugte sich über die Geistertür und entblößte seine Zähne zu einem wahnsinnigen Grinsen. Er griff erneut nach dem Stab, aber diesmal berührte seine Hand meine. Während sein Grinsen breiter wurde, begann er, meine Finger vom Stab zu lösen. Wilde Panik stieg in meiner Kehle auf, als ich darum kämpfte, mich festzuhalten.

„Ich brauche den Stab nicht, um den Onyx zu nehmen", warnte er.

Nein. Nicht, wenn er an Seph gebunden war. Was würde er ihr antun?

Ein triumphierendes Glitzern erhellte seine braunen Augen, als er meine Finger zurückbog, zurück, über den Punkt des Schmerzes hinaus. Mein Schrei blieb hinter seiner Magie stecken, die meine Zunge zusammendrückte.

„Ich habe versucht, Deals mit dir zu machen, Dawn Cleohold. Vielleicht haben die dunklen Geister mehr Glück mit dir."

Er bog weitere Finger zurück, und mein Griff lockerte sich. Ich keuchte, mein ganzer Körper zitterte, um die Geister abzuschütteln und um Freiheit zu kämpfen.

„Oder vielleicht auch nicht."

Er löste die letzten Finger, und für einen Moment hing ich an seiner Hand. Ich blickte in seine Augen, und Hass durchfuhr mich bei dem, was ich dort sah – ein feiger Mann. Er ließ meine Hand los.

Ich keuchte und versuchte verzweifelt, mich an etwas festzuhalten. Dann landete ich mit einem lauten Krachen. Das Geräusch meines zerbrechenden Körpers.

Moment mal. Ich riss meine Augen auf und ließ sie durch mein Zimmer schweifen. Ich lag auf dem Boden neben meinem Bett und umklammerte immer noch den Stab von Sullivan.

Nebbles tappte zu meinem Kopf und starrte mit großen, leuchtenden Augen auf den Stab.

Hinter ihr war Sephs Bett leer. Wo war Echo hingegangen?

Langsam zog ich mich auf die Füße, jeder Knochen schmerzte, und ging zur Tür. Auf der anderen Seite fand ich sie auf dem Boden im Flur sitzend, so blass, wie ich noch nie jemanden gesehen hatte.

Sie blinzelte zu mir hoch, ihre Wangen von Tränen gezeichnet. „Ich bin versehentlich eingeschlafen. Es tut mir so leid."

„Ist schon okay." Ich kniete mich neben sie und strich ihr die Haare aus dem Gesicht.

Am Ende des Flurs stürzte Jon in den Flügel der Erstklässlerinnen, seine Schultern bebten. „Die Blutsbindung ... Seid ihr beide in Ordnung?"

„Ryze war... Traumwandeln." Wie viele andere Möglichkeiten gab es zu wandeln? „Wir sind..." Nicht in

Ordnung. Ich schluckte schwer und blickte zu Echo hinunter.

Echo schüttelte den Kopf. „Es sah aus wie er, klang wie
er, aber das war nicht Craig in meinem Traum."

„Nein", flüsterte ich.

Ihr Gesicht verzog sich schmerzlich, und obwohl ich
sie trösten wollte, mussten wir zu Seph gehen. Sie war in
ernsthafter Gefahr. Mehr als wir alle.

Kapitel Sechs

EQUALIZER, HATTE LEO GESAGT. Ich hatte es nachgeschlagen und im Buch des Grauen Steins einen Hinweis darauf gefunden. *Der Equalizer birgt unbekannte Kräfte. Er bringt Licht ins Dunkel und Dunkel ins L icht.* Das war alles, was dort stand. Ein relativ einfaches Konzept, aber ich wusste nicht, was es bedeutete. Wenn es Leo beschäftigte, musste es wichtig sein, besonders da es eine solche Wirkung auf Ryze hatte. Könnte es sein, dass der Stab von Sullivan der Equalizer war? Vielleicht... aber was tat er?

Die Tür zum Büro der Schulleiterin Millington flog auf, und Mrs. Tentorville, die Bibliothekarin, stand schwer atmend im Türrahmen. Die fünf Magier, die um meinen Schreibtisch saßen, drehten sich um und starrten sie an.

„Er ist hier", sagte sie. „Ryze wurde am Ufer der Eerie-Insel gesichtet. Er kam mit dem Boot statt mit Magie, und eine ganze Armee von Wiederbelebten und auch einige Lebende stehen hinter ihm. Ich schätze, es sind etwa 3.000."

Ich nickte steif. Mit dem Boot anzukommen würde seine schwindende Magie für den Moment sparen, in dem er sie wirklich brauchte. Wie jetzt, was bald ein Kampf auf Leben und Tod sein würde. Es war soweit, und wir waren noch lange nicht bereit. Die Wiederbelebten, die die Magier nekromantisch beschworen hatten, waren außerhalb der Akademiemauern geschickt und innerhalb der Tore eingesperrt worden, da sie so unberechenbar waren. Es lief so gut, wie man es erwarten konnte. Die Akademie blieb verschlossen, während sie draußen umhertorkelten und nur halbwegs denen gehorchten, die sie zurückgebracht hatten, bis der Feind eintraf. Und jetzt war er da.

Wir hatten nur etwa tausend Wiederbelebte. Wir hatten unser Bestes getan mit der Zeit und den Ressourcen, die wir hatten, und er hatte uns trotz seines geschwächten Zustands zahlenmäßig immer noch übertroffen. Vielleicht war er nicht so schwach, wie ich gedacht hatte.

„Sag den Magiern, sie sollen ihre Wiederbelebten außerhalb der Tore schicken. Dann schick die Magier nach draußen, wenn sie bereit sind zu kämpfen", sagte ich und legte so viel Selbstvertrauen wie möglich in meine Stimme. „Lass uns das beenden."

Sie nickte und grinste, ihre lila Locken wippten um ihre Schultern, als sie ging. „Mit Vergnügen."

Es gab nur noch eine Sache zu tun, und ich musste dafür nicht einmal das kalte, modrige Büro der Schulleiterin verlassen. Ich wollte, dass die mächtigen Magier in meinem Büro versuchten, den Riesen wiederzubeleben, in dem sich die Katakomben befanden. Ich hatte meine Magie aufgespart, um zu helfen, aber nur ein wenig. Ich musste sie aufsparen, um ein paar Namen von meiner Liste zu streichen.

„Bereit?", fragte ich sie.

„*O mors ego eieci te*", sangen wir sechs im Chor. „*Liga corpus et animam, Ut benedicat tibi terram hanc iuxta spiritum, Ad te redi vitae theloneo.*"

Würde es funktionieren? Keine Ahnung, aber die Absicht war da. Ich wollte gewinnen.

Ich erhob mich vom Schreibtisch der Schulleiterin. „Geht schon mal nach draußen, wenn ihr vorhabt zu kämpfen. Ich werde nachsehen, ob wir erfolgreich waren."

Ich folgte ihnen hinaus in den Klassensaal-Flur, meine Ohren gespitzt auf die Geräusche der Schlacht oder eines vom Tode auferstehenden Riesen. Ich würde den Unterschied vielleicht nicht erkennen können. Die Stille zerrte an meinen Nerven. Nicht der kommende Krieg, nicht die Möglichkeit des Todes, während ich mich erneut meinen Erzfeinden stellte, nicht die Ahnungslosigkeit darüber, wie man den Stein zerstören könnte. Nur die Stille vor dem Sturm. Mit dem Rest würde ich fertig werden. Ich war damit fertig geworden. Irgendwie. Außerdem war es eine große Erleichterung zu wissen, dass meine Eltern drinnen bleiben würden, um die Verwundeten zu heilen, was genauso wichtig war wie zu kämpfen.

Mehrere Magier und Professoren huschten an mir vorbei in Richtung der Türen des Klassenzimmerflügels. „Lasst uns Amaria retten!", riefen einige, und andere jubelten und grölten, als sie selbstbewusst in den Krieg stürmten.

Ich lächelte ihnen hinterher, aber es wurde gegen Ende wackelig. Wie viele würden heute sterben? Als ich zum ersten Mal hierhergekommen war, war mein Herz zu einer leeren Hülle erstarrt, aber einige der Leute hier hatten mich wieder zum Leben erweckt. Ich konnte es nicht ertragen, noch jemanden zu verlieren. Ehrlich gesagt, bei all dem Tod in letzter Zeit war ich manchmal überrascht, dass ich überhaupt noch stand.

Der Boden bebte unter meinen Füßen, als wolle er meine Theorie des Stehens auf die Probe stellen. Dann tat er es wieder, noch heftiger. Ich stürzte in den Eingangsbereich, als Menschen in Höchstgeschwindigkeit aus dem Versammlungsraum strömten. Einige gingen nach draußen. Einige schrien aus voller Kehle, während sie wegrannten.

Nun, das war ein gutes Zeichen. Nur hätte ich vielleicht vorher eine Warnung geben sollen. Ups. Ich war mir nicht wirklich sicher gewesen, ob die Katakomben tatsächlich in einen Riesen gehauen worden waren, da Ramsey gesagt hatte, es sei ein Gerücht.

Der Boden bebte, und Steine lösten sich von den Wänden und der Decke in der Nähe des Versammlungsraums.

Ich eilte zur gegenüberliegenden Wand und zur Mädchentreppe, damit ich nicht von dem einstürzenden Gebäude zerquetscht wurde. Was, wenn das nicht der Riese war, sondern irgendeine Art von Angriff auf die Akademie von Ryze? Verloren wir bereits?

Jetzt hagelte es Steine, und ich kämpfte darum, auf dem bebenden Fundament das Gleichgewicht zu halten. Eine mir unbekannte Professorin stürzte aus dem Klassenraum-Flur und wich gerade noch rechtzeitig zurück, um nicht zerquetscht zu werden.

„Hierher", rief ich und winkte ihr zu.

Ihre angsterfüllten Augen trafen meine, und dann spurtete sie auf mich zu.

„Bleiben Sie an dieser Wand und los!" Ich stieß sie vorwärts, um sie anzutreiben.

Sie rannte zur geschlossenen Eingangstür und stürzte
sich dann in den Krieg draußen. Ich hoffte, sie wusste,
worauf sie sich einließ.

Stein schabte an Stein, wurde so laut, dass es alles
war, was ich hörte. Die Wand des Versammlungsraums
bröckelte und zerquetschte die gewölbten Doppeltüren
darunter. Ein Stück Himmel tauchte aus der einstürzenden Decke auf, dann mehr und mehr davon. Staub und
Trümmer vernebelte die Luft, und dahinter schimmerte
etwas grelles Weiß. Eine ganze Menge davon. Mein Blick
wanderte immer weiter nach oben, bis ein riesiger Schatten den sonnigen Himmel dahinter verdeckte.

Der tote Riese. Wir hatten es geschafft. Ich blinzelte
heftig, konnte es kaum glauben, aber nackte Panik ver-
drängte meine Verblüffung, als der Riese auf mich zustampfte. Die Bewegung ließ die Decke bersten und riesige
Brocken herabregnen.

„Halt!", schrie ich, konnte mich aber selbst nicht hören.
„Halt!"

Wenn er nicht auf einen seiner Nekromanten hörte,
waren wir alle am Arsch. Wir waren vielleicht sowieso am
Arsch, aber jetzt waren der Riese und ich durch meine
Magie miteinander verbunden. Ich sollte ihn zumindest

ein bisschen kontrollieren können. Das war zumindest die Theorie, aber Tod, Sterben und Wiederbeleben: Eine Geschichte der Warnungen ließ mich daran zweifeln.

„HALT!"

Endlich blieb er stehen, knapp vier Fuß davon entfernt, mich zu zerquetschen.

Ich stieß zitternd die Luft aus und reckte den Hals nach oben, konnte aber immer noch nicht sein Gesicht sehen, oder was davon übrig war. Alles, was ich sah, waren scheinbar endlose Knochenbeine, die in den Himmel ragten. Särge und menschengroße Skelette, die im Inneren des Riesen begraben gewesen waren, stürzten um ihn herum herab. Einige zerplatzten beim Aufprall zu nichts als Staub, da sie aus großer Höhe gefallen waren.

Ich holte tief Luft und brüllte dann: „WIRF, WAS VOM VERSAMMLUNGSRAUM ÜBRIG IST, AUF ALLES, WAS VERSUCHT, DURCH DIE TORE DER AKADEMIE ZU KOMMEN."

Ich wartete eine gefühlte Ewigkeit auf irgendeine Reaktion, eine Bewegung, irgendetwas. Schließlich senkte sich eine skelettierte Hand, so groß wie der Versammlungsraum selbst, und hob einen Teil der Tür des Raumes sowie einen Haufen riesiger Steine auf. Dann drehte er sich, die knöchernen Zehen seiner Füße zur Vorderseite der Akademie gerichtet.

Erschöpft lehnte ich mich gegen die Wand, Erleichterung wirbelte durch meinen Kopf. Kein Wunder, dass wir hier einen Kurs über Warngeschichten der Nekromantie hatten. Das hier war meine eigene Warngeschichte, und ich hatte keinen Zweifel daran, dass es schnell schiefgehen konnte.

Jetzt musste ich zu Seph gelangen und mir einen Weg überlegen, den Stein schnell zu zerstören, ohne ihr zu schaden. Hoffentlich würde mir auf dem Weg dorthin eine Idee kommen, aber als ich mich an der Wand entlang zum Krankenflügel schob, hatte ich immer noch nichts.

Jon stand von Sephs Bettseite auf, sobald ich ihr erneut bewachtes Zimmer betrat. Echo saß im Ecksessel und recherchierte in einem Stapel Bücher, der Stab von Sullivan lehnte an ihrem Stuhl.

„Was ist los? Irgendwelche Neuigkeiten?", fragte Jon, der offensichtlich durch unsere Blutsbindung spürte, dass ich ich war und nicht die Schulleiterin.

„Könntet ihr uns für eine Minute entschuldigen?", bat ich die vielen Wachen, die um ihr Bett postiert waren. Ich hatte ihren Schutz vervierfacht, wusste aber immer noch nicht, ob es genug sein würde.

Sie schlurften hinaus und ließen uns drei allein, um privat zu sprechen.

„Ryze ist hier, und ich habe keine Ahnung, was wir als Nächstes tun sollen", gab ich zu. „Aber ich habe den Riesen aus den Katakomben zurückgebracht, um uns hoffentlich etwas Zeit zu verschaffen."

„Du hast was?" Echo ließ das Buch des Grauen Steins fallen, aber Jons schnelle Reflexe bewahrten den dicken Wälzer davor, auf den Boden zu krachen.

Er drückte es schützend an seine Brust. „Einen verdammten Riesen?"

„Vergiss das. Sag mir, dass du etwas gefunden hast."

Echo schüttelte den Kopf. „Ich habe nichts gefunden."

Ich seufzte und rieb mir die Schläfen.

„Aber vielleicht haben wir schon etwas gefunden", sagte Jon. „Die Osteomantie führte mich zum Buch des Grauen Steins, als ich die Knochen fragte, wie man Seph helfen kann. Das Buch erwähnte den Equalizer, aber nicht den Stab von Sullivan."

Ich sank in den Sessel neben Echo. „Es könnte ein und dasselbe sein. Der Stab ist offensichtlich wichtig für Ryze, aber wir haben ihn schon am Stein ausprobiert und nichts ist passiert."

Jon wedelte mit dem Finger in der Luft und nickte. „Wir haben es am Stein versucht. Nicht an Seph."

Tief seufzend starrte ich auf meine über dem Bett schwebende Zimmergenossin, eine Hand ausgestreckt, die andere den Stein umklammernd. Ich dachte, sie hätte nach uns gegriffen, aber vielleicht... Vielleicht war es überhaupt nicht nach uns. Unterbewusst wusste sie vielleicht, was sie brauchte, um aus dem auszubrechen, was auch immer die Aktivierung des Steins mit ihr gemacht hatte.

Ich erhob mich von meinem Stuhl und nahm den Stab von Sullivan, mein Magen verknotete sich. Trotzdem hatten wir keine Ahnung, was der Stab bewirken würde.

„Was, wenn er ihr wehtut?", flüsterte ich.

„Was, wenn er ihr hilft?", Jon lächelte grimmig.

Alles, was wir wollten, war unsere Prinzessin zurück, und an diesem entscheidenden Punkt mussten wir es versuchen. Amaria hing davon ab, und wir hatten keine Zeit mehr, auf Nummer sicher zu gehen.

Ich schritt auf Seph zu und zielte auf ihre ausgestreckte Hand. Mit einem Blick zu Echo und Jon legte ich den Stab in ihre ausgestreckte Hand. Ihre Finger schlossen sich sofort darum. Ich zuckte zurück, mein Blut machte einen Satz. Echo und Jon keuchten auf.

Wir warteten, unsere Aufmerksamkeit auf Seph gerichtet. Wir warteten noch länger, aber nichts weiter geschah. Frustration wallte in mir auf, während ich die Zähne zusammenbiss und es hinter meinen Augen brannte.

„Seph, bitte", sagte ich mit brechender Stimme. Ich sprang zu ihr aufs Bett und umfasste ihr Gesicht. „Du hast den Stab von Sullivan. Vielleicht sogar den Equalizer. Was müssen wir jetzt tun? Ryze ist hier, und er wird den Onyx und dich mit ihm nehmen, wenn wir ihn nicht zuerst zerstören können. Bitte. Wir haben nicht viel Zeit."

Das Fundament der Akademie bebte und schleuderte mich fast vom Bett. Das Zittern löste Staub und Gestein, das von der Decke rieselte. Ich wusste nicht, was los war, aber meine Nerven waren zum Zerreißen gespannt. Wir mussten uns beeilen.

„Seph!", rief ich.

Sie hatte den Stab gegriffen. Das würde sie nicht tun, wenn es nicht wichtig wäre. Oder?

Ein weiterer heftiger Schlag traf die Akademie und schleuderte mich vom Bett.

Mit schweißbedeckter Stirn justierte Jon den Stab in ihrem Griff so, dass er auf den Stein zeigte. Ein saugendes Geräusch ging davon aus, und irgendwie zischte der Onyx aus Sephs Griff und haftete am Ende des Stabs. Sie fiel aufs Bett. Der Stab klapperte mit dem echten Stein daran auf den Boden.

Echo eilte herbei, um den Stab und den Onyx aufzuheben. Dann standen wir da, keiner von uns wagte zu atmen.

Sephs Wimpern flatterten. Tränen sickerten aus ihren Augenwinkeln. Sie sog einen langen Atemzug ein.

„Seph." Die Hoffnung in Jons Stimme verschmolz mit meiner eigenen und schnürte mir die Kehle zu.

Ich hielt mich vollkommen still und dachte, ich könnte diesen seligen Traum zerstören, wenn ich mich zu bewegen wagte.

Nicht so Nebbles. Sie sprang auf das Bett ihrer geliebten Prinzessin – aber dann sträubte sich ihr Nackenfell und sie fauchte in Richtung der leicht geöffneten Tür.

Schreie hallten von irgendwo in der Akademie wider.

Mein Blut gefror zu Eis. Ich wandte mich an Echo. „Nimm den Stab und lauf."

„Wie zerstöre ich den Stein?", fragte sie panisch.

„Lauf erst mal einfach", sagte ich hastig.

Echo raste aus dem Zimmer.

„Ich lasse sie nicht zurück", sagte Jon kopfschüttelnd.

„Ich würde dich nie darum bitten." Ich ging zur Tür und wünschte, ich könnte auch bleiben, wusste aber, dass ich es nicht konnte. „Ich schicke die Wachen herein."

Nachdem ich das getan hatte, rannte ich durch den Flur der Krankenstation, um herauszufinden, was los war, und zeichnete dann ein Symbol auf die Tür dieses Flügels, um sie geschlossen zu halten. In diesem Teil des Gebäudes schien es relativ ruhig zu sein. Im Eingangsbereich jedoch sah die Sache anders aus.

Durch die offenen Vordertüren strömten die Wiederbelebten bereits die Vorderstufen hinauf. Ryzes. Unsere. Ich hatte keine Ahnung, und ich hatte nicht einmal Zeit, die Türen zu schließen, um sie draußen zu halten. Der Riese war nirgends zu sehen.

Ich rannte los und riss die Türen zum Unterrichtsflügel auf, und nachdem ich sie geschlossen hatte, kritzelte ich schnell das Verschlusssymbol darauf. Dann drehte ich mich um.

Und stand Ryze selbst gegenüber.

Kapitel Sieben

Mein Magen verkrampfte sich beim Anblick von Ryze. Wir waren allein im Flur, dunkler Magier gegen dunkle Magierin. Verwirrung blitzte in seinen Augen auf, als er meine Gestalt als Schulleiterin wahrnahm.

Mit nur einem Gedanken verwandelte ich mich zurück in mich selbst, nicht zu seinem Vorteil, sondern zu meinem. Wenn ich ihn tötete, musste er wissen, dass ich es war.

Er schüttelte den Kopf, ein Mundwinkel kräuselte sich. „Eine Gestaltwandlerin. Eine Schattenwandlerin. Eine Diebin. Eine Mörderin. Du bist fast genau wie ich, Dawn."

„Ich bin nicht wie du", zischte ich. „Und ich habe niemanden getötet."

„Noch nicht, meinst du. Du planst, mich zu töten."

„Ich habe dich vom Tod zurückgebracht. Es scheint nur passend, dass ich dich wieder zurückschicke."

„Hm." Er hob eine Augenbraue, das ungläubige Grinsen, das sich über sein Gesicht ausbreitete, zerrte an meinen Nerven. „Wie willst du mich denn töten? Du und deine Freunde haben es schon mal mit mir aufgenommen. Muss ich dich daran erinnern, was passiert ist?"

„Fünf Steine wurden zerstört." Ich hob meine Augenbrauen. „Das heißt, du bist schwach."

„Bin ich das wirklich?" Er trat einen Schritt näher. „Tatsächlich?"

Er versuchte, mein Selbstvertrauen zu erschüttern, aber es war meine Entschlossenheit, um die er sich hätte Sorgen machen sollen. Ich würde nicht aufgeben, bis einer von uns tot war.

Der Pfefferminzgeruch und das belebende Gefühl von Echos Magie berührten unsere erneuerte Blutbindung. Sie war nah. Meine Ohren spitzten sich bei dem leisesten Geräusch von Schritten von oben, obwohl die Decke hoch über uns aufragte. Ich hatte das Gefühl, dass ich ihr Gesicht sehr bald durch ein Mordloch sehen würde, so wie sie es in Ryzes Schloss getan hatte. Es könnte gerade genug Ablenkung sein, damit ich ihn dieses Mal besiegen konnte.

„Zeig es mir. Zeig mir, wie dunkel deine Magie wirklich sein kann", forderte Ryze heraus. „Hast du schon mal einen Todeszauber ausgeführt? Würdest du es wirklich ernst meinen? Versuch es und finde es heraus."

„Damit ich meine Magie schneller aufbrauche und in die Vergessenheit der Magier falle?" Ich schnalzte mit der Zunge und warf ihm einen vernichtenden Blick zu. „Selbst du weißt, dass ich nicht so dumm bin."

Er breitete die Arme aus und lachte. „Du faszinierst mich, weißt du. Ich glaube nicht, dass ich je jemanden getroffen habe, der so hartnäckig ist wie du."

Wie erwartet erschien ein Loch in der Luft hinter Ryzes Kopf. Dahinter fing Echo meinen Blick auf und hob einen Finger.

„Es ist mir wirklich egal, was du von mir denkst. Mich interessiert nur, was ich von dir denke, und was ich jetzt denke, ist" – ich presste die Lippen zusammen und zögerte immer weiter, um Echo Zeit zu verschaffen – „ich wünschte, du würdest einen kleinen Schritt nach links machen."

Sein Blick wurde schärfer, dann hob er ihn zum Mordloch, genau rechtzeitig. Kochendes schwarzes Öl ergoss sich aus einem großen Fass über ihn. Während er vor Qualen schrie, strömte es sein Gesicht hinunter und bedeckte seine Kleidung. Der Gestank, der von seinem rauchenden Körper aufstieg, drehte mir den Magen um, aber ich lächelte trotzdem.

„War nur ein Scherz mit dem Schritt nach links", sagte ich über seine Schreie hinweg. „Ich wollte nur, dass du nach oben schaust und siehst, was auf dich zukommt."

Seine Schreie verwandelten sich augenblicklich in ein kaltes, dunkles Kichern. „Apropos, was auf dich zukommt..."

Mein Herzschlag beschleunigte sich, und im nächsten Moment nahm ich kaum eine weitere magische Signatur über dem Geruch von brennendem Haar und Fleisch wahr. Eine Signatur, die ich mir eingeprägt hatte. Nasses Fell und eine Art leeres Gefühl.

Ein Arm packte mich von hinten. Stahl drückte sich gegen meine Kehle, und diesmal war ich nicht im Raum der Albträume in Ryzes Schloss. Das hier war real.

Ein warmer Atem glitt über meine Wange. „Was würde ich nicht dafür geben, deinen Hals aufzuschlitzen, so wie ich es bei deinem lieben Bruder getan habe."

Mein Blut gefror bei dem Versprechen in Schulleiterin Millingtons Stimme, aber der Rest von mir loderte vor heißer Wut, dass sie meinen Bruder überhaupt erwähnte. „Was hält dich davon ab?"

„Mein Meister wäre unzufrieden. Er hat dich liebgewonnen."

„Nein, ich bin ihrer überdrüssig geworden." Ryze wischte sich das Öl aus dem Gesicht und schleuderte es zu

Boden. „Finde den Onyx. Mach mit dem Rest, was du willst." Er grinste mich höhnisch an, blickte zum leeren Loch hinauf und verschwand dann.

„Mein Tag ist gerade so viel besser geworden", sagte Schulleiterin Millington. Der Stahl drückte sich tiefer hinter mein Ohr, und ein einzelner Blutstropfen rann meinen Hals hinunter.

War das das Gefühl, das Leo kurz vor seinem Tod gehabt hatte? Völlige Hilflosigkeit und Verlust? Hatte er vorher Frieden gefunden? Denn ich würde es nicht. Wenn sie mich tötete, hätte ich versagt, und ich würde sie deswegen noch mehr hassen.

„Warum?", krächzte ich, als die Klinge tiefer eindrang. „Warum Leo? *Sag es mir.*"

Sie stoppte das Messer, möglicherweise dasselbe, mit dem sie meinen Bruder getötet hatte, und ein Blutstrahl rann in meinen Umhang. „Er redete zu viel, erzählte jedem, der zuhören wollte, dass der Onyx zu ihm flüsterte."

Außer mir. Er hatte es mir nicht erzählt, und nach der Verwirrung meiner Eltern nach seinem Tod zu urteilen, hatte er es ihnen auch nicht gesagt. Warum? Warum nicht uns?

Dann kam die Antwort in seiner Stimme, als wäre er hier bei mir und würde zusehen, wie ich durchlebte, was er durchgemacht hatte: *Um euch zu schützen, Keks.* Denn natürlich würde er das tun.

„Als er hierher zurückkam, sagte er mir, er würde ihn zerstören", meinte die Schulleiterin.

„Also haben Sie ihn zuerst zerstört." Mein ganzer Körper zitterte, und ich dachte, ich müsste mich übergeben. „Warum haben Sie sich als Ramsey ausgegeben?"

„Eigentlich ein Zufall. Er war die erste Person, an die ich dachte, weil er mich ständig wegen der Karten der Akademie belästigte. Obwohl es schön gewesen wäre, wenn du Ramsey getötet hättest, um ihn zum Schweigen zu bringen, wusste ich, dass er den Stab von Sullivan nie finden würde."

„Haben Sie ihn gestohlen?"

„Nein. Der Schulleiter vor mir hat das getan."

„Warum?"

„Weil niemand wusste, was er tat, außer einer ganzen Familie ihre Macht zu geben, und nicht zu wissen, wozu ein magisches Relikt fähig ist, ist gefährlich."

Und jetzt waren der Stab und der Stein vereint. Aber warum, es sei denn...?

„Der Stab zerstört den Stein." War das, was Leo gemeint hatte, als er Equalizer sagte? Dass er die Dunkelheit des Steins ausgleichen würde? Ich drehte mein Gesicht so gut ich konnte, um sie anzusehen, um sie sehen zu lassen, wie tief mein Hass auf sie ging. „Stimmt's? Sagen Sie mir wie. Tun Sie endlich etwas Gutes für die Nekromanten-Akademie in Ihrer erbärmlichen Karriere als Schulleiterin und sagen Sie es mir."

Ihre dunklen Augen blitzten bedrohlich. „Du hast keine Ahnung, wie viel Gutes ich für die Akademie getan habe."

„Indem Sie für Ryze arbeiten? Indem Sie Professoren einstellen und Schüler aufnehmen, die auch für ihn arbeiten?"

„Ich habe dich aufgenommen, selbst als ich genau wusste, wer du bist und warum du hier bist, und sieh dir an, was du im Laufe des Jahres geleistet hast. Du hast den größten, edelsten Anführer zurückgebracht, den Amaria je gesehen hat. Du hast die schwarze Magie so perfektioniert, dass du sie zu deiner eigenen gemacht hast. Offensichtlich keine kleine Leistung. Du wirst noch größere Dinge vollbringen, weit über die Nekromantie hinaus, und Ryze könnte dir dabei helfen."

Entsetzen krallte sich in meine Blutbindung, kurz bevor Echo irgendwo in der Schule schrie. Was auch immer mit ihr geschah, ich betete, dass es ihr gut ging.

Eine unnatürliche Bewegung huschte aus einem Klassenzimmer hinter der Schulter der Schulleiterin, eine Ansammlung beweglicher Knochen, die einen schwarzen Umhang aufspannten. Eine rote Haarsträhne hing darunter hervor, mit Erde und Blättern gesprenkelt. Vickie. Ich würde mein Leben darauf verwetten. Die Art, wie sich ihr Körper nach hinten gebogen hatte, bewies es.

Ich unterdrückte ein Schaudern und tat so, als hätte ich es nicht bemerkt. „Und was ist mit Ihrer Hilfe, Schulleiterin Millington? Würden Sie mir auch helfen? Wenn ich Ryze meine Unterstützung zusage, könnte ich auch auf Sie zählen?"

Meine Blutbindung begann vor Jons Panik zu schreien. Etwas Schreckliches geschah.

„Natürlich werde ich dir helfen", sagte die Schulleiterin aufrichtig. „Meine ganze Familie ist Ryze seit seiner ursprünglichen Herrschaft treu ergeben."

„Gut." Ich grinste boshaft und rammte meinen Ellbogen in ihre Rippen.

Sie taumelte rückwärts und stolperte über Vickie, die direkt hinter ihr war. Ihre Arme wirbelten, als sie um ihr Gleichgewicht kämpfte. Ihre Augen und ihr Mund öffneten sich zu weiten Os. Das Messer fiel ihr aus der Hand, als sie nach hinten kippte und ihre Beine über ihren Kopf flogen. Sie landete hart, und ihr Kopf schlug mit einem widerlichen Klatschen auf dem Boden auf.

Vickie huschte den Flur hinunter.

In meinem Herzen tobte ein Krieg, ein Teil von mir wollte zurückbleiben und sicherstellen, dass die Schulleiterin starb. Aber ich konnte nicht. Meine Freunde brauchten meine Hilfe, aber ich sprintete noch nicht auf sie zu. Die Schulleiterin lag bewusstlos da, Blut sickerte aus ihrem Kopf über den Steinboden. Ich könnte es schneller für sie beenden, meinen Dolch über ihren Hals ziehen und es beenden.

Oder ich könnte sie langsam sterben lassen.

Ich drehte mich um und rannte zu ihrem Büro und dem Ausgang dahinter. Jons wachsende Panik schoss durch das Blut in meinen Adern. Alles, was ich spürte, war, dass er draußen war ... irgendwo. Nachdem ich durch die Falltür gekommen war, bahnte ich mir einen Weg über mehrere umgestürzte Bäume und noch mehr gefallene Körper. Einige waren frisch, und ich suchte in ihren Gesichtern nach jemandem Bekannten. Ich sah niemanden, aber ich fand den Riesen, da er so schwer zu übersehen war. Er lag wieder tot da, ein riesiges Skelett, durch das ich mich hindurch- statt herumschlängelte.

Meine Sinne waren geschärft für jedes Anzeichen von Bewegung, als ich mich auf den Hauptweg vor der Akademie zu bewegte. Mein Herz hämmerte gegen meinen Brustkorb. Ich wollte meine magischen Reserven schonen, aber hier allein herumzuwandern... Nun, vielleicht würde ich das nicht können.

Durch die verkrüppelten, toten Bäume auf dem Hauptweg schwebte Quiet auf der Seite. Und davor stand mit ausgebreiteten Armen, als würde sie das Wasser kontrollieren, ein zierliches Mädchen.

Meine Wut stieg mir in den Hals, als ich auf sie zustampfte. „Morrissey!"

Sie drehte sich um, ein nerviges Grinsen im Gesicht. Sie trug ein langes schwarzes Kleid, das bis zum Hals mit Knöpfen geschlossen war, die wie Zähne aussahen.

Hinter ihr reagierte Quiet sofort auf den Klang meiner Stimme und das Stampfen meiner Schritte. Die Hände, die aus dem Teich ragten, gerieten in einen Rausch. Morrissey zog Quiet näher zu mir heran, als Drohung, nicht zu nahe zu kommen. Eine Drohung, die ich zu ignorieren gedachte.

„War es das wert?", schrie ich. „War es das wert, all deine Freunde hier zu verraten, mich zu benutzen? Alles nur, um zu sehen, wie dein geliebter Anführer aufsteigt, nur um ihn so schnell wieder fallen zu sehen?"

Ihr Gesichtsausdruck verzog sich vor Wut. „Niemand ist gefallen."

„Also sprichst du doch. Ich glaube, ich mochte es besser, als du still warst, obwohl es alles aus falschen Gründen war, nicht wahr? Die Zähne flüstern dir überhaupt nicht zu, oder?"

„Das tun sie." Sie trat näher, ihre schwarzen Augen wurden unmöglich dunkler. „Deine schreien danach, dass ich zuhöre, aber –"

„Aber ich werde nicht zuhören, selbst wenn ich dich in die Nähe meines Mundes lasse", zischte ich. „Du wirst mich nur wieder auf eine wilde Gänsejagd schicken, oder?"

„Ich hatte keine Ahnung, was du auf dem Friedhof der Vertrauten finden würdest, Dawn."

„Aber du wusstest genau, was passieren würde, als du den Magie-Dämpfer in meinen falschen Zahn eingesetzt hast."

„Ryze hat meine Schwester zurückgebracht –"

„Spar dir das für jemanden, den es interessiert", knurrte ich. „Ohne Seele ist dieses Ding, das Ryze dir gezeigt hat und das du für deine Schwester hältst, überhaupt nicht wie das Original, und das weißt du auch."

Sie schüttelte leicht den Kopf, ihr Kiefer zitterte.

„Tu einmal etwas Richtiges und sag mir, wo er ist."

Sie suchte den Raum zwischen uns ab, der viel kleiner war als der tiefe Graben, den ihr Verrat geschaffen hatte. „Er wird mich umbringen."

Wie ein überspannter Nerv riss ich, mein Herzschmerz über unsere Freundschaft abgenutzt von ihrem dummen, verräterischen Gesicht. Ich stürmte vor und bevor sie etwas dagegen tun konnte, packte ich sie am Hals und schob sie seitwärts in Richtung Quiet. Wir bewegten uns so schnell, dass sie über ihre Füße stolperte, und ich drückte fester zu, damit sie sicher aufrecht blieb. Dann hielten wir an, gerade außerhalb der Reichweite des Teiches.

„Im Moment solltest du dir eher Sorgen um mich machen als um ihn", knurrte ich. Der Klang meiner Stimme ließ die Arme schneller wirbeln, und sie griffen nach Morrissey, da sie näher war. „Was denkst du, werde ich tun, wenn du mir nicht sagst, wo Seph ist? Was denkst du, wollte ich dir antun seit dem Tag, an dem du mich reingelegt hast, Ryze zurückzubringen? Rate mal."

Quiet griff nach ihrem langen Haar. Wenn ich sie auch nur einen Zentimeter weiter schob, würde es sie packen. Ein Stoß und es wäre vorbei.

„Dawn...", würgte sie hervor. Sie blickte mit weit aufgerissenen, verängstigten Augen hinter sich. *Bitte.*"

„Sag es mir", verlangte ich.

Sie begegnete meinem Blick wieder, eine Mischung von Emotionen spielte über ihr Gesicht. „Das Dorf."

„Warum dort?"

„Weil er den Onyx und den Stab hat."

Ich zischte einen Atemzug aus. *Nein*. Das bedeutete, er hatte ihn Echo weggenommen, und ich bezweifelte, dass sie Zeit gehabt hatte herauszufinden, wie man den Stein zerstört.

„Am Ufer dort liegt ein Boot", fuhr Morrissey fort.

Ich lehnte mich zu ihr und starrte sie nieder. „Lügst du mich an?"

„Nein. Du warst auch meine Freundin, Dawn."

„Ich wünschte, das würde reichen, um dich zu retten", schoss ich zurück.

In mir tobte ein Kampf, sie in den Teich zu werfen oder zum Dorf zu eilen oder beides. Meine Finger krümmten sich fester um ihren Hals, während mein Bauch vor Unentschlossenheit schwamm. Ich wollte, dass sie leidet, aber wollte ich sie tot sehen? In gewisser Weise hatte Ryze sie getäuscht, wie sie mich getäuscht hatte, indem er ihr nur einen Teil ihrer Schwester zurückgab. Was sie getan hatte, war nicht dasselbe wie Leo zu ermorden. Trotzdem...

Ich stieß sie. Nicht nach vorne, sondern zur Seite, wo sie hinfiel und dann aus Quiets Reichweite krabbelte.

„Selbst wenn ich dich nicht töte...", sagte ich, während ich über ihr aufragte. „Selbst wenn Ryze dich nicht tötet, wird es deine Feigheit tun. Du bist von dieser Akademie weggelaufen, nachdem du mich reingelegt hast. Du hattest nicht einmal den Mut, dich mit dem Tod deiner Schwester auseinanderzusetzen."

Meine eigenen Worte waren wie ein Schlag ins Gesicht, hart genug, um mir Tränen in die Augen zu treiben. *Du hattest nicht einmal den Mut, dich mit dem Tod deiner*

Schwester auseinanderzusetzen. Als ob ich das Recht hätte, so zu reden. Ich hatte mich der Rache zugewandt, anstatt mich mit Leo auseinanderzusetzen. Ich war auch ein Feigling. Ich hatte nicht lernen wollen, damit umzugehen, wie normale Menschen es tun, wenn ein geliebter Mensch stirbt. Immer noch nicht.

Hart blinzelnd wich ich von Morrissey zurück und eilte dann zum Akademietor, mein Herz zersplitterte über den Kummer, den ich mir nicht erlaubt hatte, vollständig zu fühlen. Wenn ich das hier überlebte, wenn ich meine Freunde, Ramsey und die ganze Welt von Amaria retten könnte, schwor ich mir, kein Feigling mehr zu sein und mich endlich mit Leos Tod auseinanderzusetzen. Wenn... Es hing so viel von diesem Wenn ab.

Die Tore der Akademie waren gefallen, und außerhalb lagen Tote auf dem Boden verstreut. Einige frisch, einige uralt, aber ich verweilte nicht bei ihnen. Ich bahnte mir so schnell wie möglich einen Weg über sie hinweg, während ich mich durch den Pfad im Wald schlängelte. Meine Sinne erwachten bei jedem Geräusch, aber alles, einschließlich der Bäume, schien tot zu sein. Vorher waren die Bäume außerhalb des Akademiegeländes lebendig gewesen, aber der Krieg hatte auch sie in Mitleidenschaft gezogen, und das prickelnde Gefühl von viel verbrauchter Magie verdichtete die Luft.

Nur Minuten waren vergangen, als ich endlich das verlassene Dorf betrat, aber es fühlte sich wie eine Ewigkeit an. Je weiter ich jedoch ins Dorf vordrang, desto weniger verlassen begann es sich anzufühlen... und anzuhören.

Schreie hallten wider, scharf und schmerzerfüllt. Ich nahm eine schwache magische Signatur durch meine Blutbindung wahr, dann eine weitere, die nicht von meiner Blutbindung stammte. Ich hätte die zweite eigentlich nicht wahrnehmen sollen. Diese gehörte Direktorin Millington, die eigentlich bewusstlos in einer Pfütze ihres eigenen Blutes in der Akademie hätte liegen sollen.

Ich raste die Hauptstraße des Dorfes hinunter zu einem kleinen Boot, das am Strand angedockt war. Als ich näher kam, ließ mich alles, was ich sah, innehalten. Jon lag ein paar Meter entfernt regungslos am Boden. Ryze und die Direktorin gingen gemeinsam von ihm weg in Richtung des Bootes, den Stab von Sullivan in der Hand der Direktorin. Und zwischen ihnen und dem Boot stand Seph. Ihr schwarzer Umhang peitschte um sie herum, während sie die beiden anstarrte. Teile von mir jubelten und zerbrachen beim Anblick von ihr, aufrecht und lebendig, aber ganz allein. Sie gegen sie.

Ich begann im vollen Sprint zu laufen, ignorierte Jon, ignorierte Seph, ignorierte jeden außer meinen Feinden. „Ryze!"

Als hätte er alle Zeit der Welt, drehte er sich um.

Ohne weiter nachzudenken, nahm ich den Dolch aus meinem Stiefel und einen Todeszauber aus meiner Tasche, der dazu gedacht war, den Tod näher heranzulocken. Ich ließ den Zauber in seine Tasche gleiten. Gleichzeitig stieß ich den Dolch tief in seine Brust.

Er grinste triumphierend. Aber... warum?

Oh Götter. Etwas stimmte nicht.

Schmerz flammte in meiner Brust auf und wand sich, heiß und heftig. Er raubte mir den Atem und löste einen Alarm in meinem Kopf aus. Wärme sickerte meinen Umhang hinunter, und als ich meine Hand dagegen presste, kamen meine Fingerspitzen blutig zurück. Es steckte jedoch keine Klinge darin, nur in Ryze. Ich blinzelte gequält zu ihm auf.

In seinem Gesichtsausdruck war kein Hauch von Schmerz zu sehen, auch kein Tropfen Blut an ihm. „Wenn du mich tot sehen willst, dann sorge ich dafür, dass du auch stirbst."

„Dann soll es so sein", sagte ich zwischen Keuchen. Ich sog Luft ein, erstickte aber an einem nassen Gurgeln.

„Es wird nicht lange dauern."

Ich zog mein Messer heraus, um es erneut in ihn zu stoßen, aber die Welt kippte zur Seite und nahm mich mit.

„Nein!", schrie Seph.

Ich sackte auf den sandigen Strand, und mein Körper begann bereits taub zu werden. Ich verlor erneut kläglich gegen ihn, aber das durfte nicht sein. Nicht dieses Mal. Doch was konnte ich sonst tun? Ich konnte kaum atmen, geschweige denn einen Heilzauber sprechen, und selbst wenn ich Magie gegen ihn einsetzte, würde er sie vielleicht einfach gegen mich zurückschleudern.

„Komm mit mir, Dawn", sagte er und streckte seine Hand aus. „Ich werde all deinen Schmerz und deine Sorgen wegnehmen."

Schulleiterin Millington starrte auf mich herab, ihr Gesichtsausdruck leer und gleichgültig.

„Oder auch nicht." Ryze ließ seine Hand sinken und wandte sich zum Gehen.

„Warte", keuchte ich, denn es musste etwas geben, das ich tun konnte. Irgendetwas anderes, als hier wieder einmal besiegt zu liegen.

Ein Schatten huschte an mir vorbei. Ein Schatten mit spitzen Ohren und einem Schwanz. Nebbles der Totengräber, mit ihrem einen orangefarbenen Auge auf Seph gerichtet. Eine Stoffpuppe baumelte aus ihrem Maul, mit Haarsträhnen, die am Kopf festgesteckt waren.

Ein Funken Hoffnung glimmte tief in meiner Brust auf. Ryze und die Schulleiterin schienen die Katze nicht bemerkt zu haben. Oder es war ihnen egal.

„Ich komme mit dir. Ich schließe mich deiner Seite an."
Es tat weh, das zu sagen, aber ich würde alles tun, um Seph
und Nebbles Zeit zu verschaffen.

„Perfekt." Ryze grinste.

„Sie lügt", zischte Schulleiterin Millington.

Für den Bruchteil einer Sekunde traf ich Sephs Blick.
Ich schöpfte Kraft aus dem entschlossenen Leuchten in
ihren Augen, der Tatsache, dass sie endlich offen waren.
Sie war am Leben und okay, und gemeinsam könnten wir
vielleicht Ryze ein Ende setzen.

Ein siegreiches Grinsen umspielte ihren Mund, als sie
die Puppe von Nebbles nahm. Dann umfasste sie den
Kopf und die Füße fest und verdrehte sie gewaltsam.

Ryze brach mit einem Schmerzensschrei auf dem Boden zusammen. Die Schulleiterin fiel neben ihm auf die
Knie. Ich schlug hart und schnell mit meinem Dolch zu
und erwischte sie an der Wange.

In meinem Augenwinkel wand und bäumte sich Ryze
im Sand auf, sein Gesicht eine Maske der Qual. Seine
Knochen brachen, wieder und wieder und wieder.

Aber ich behielt meinen Fokus auf die Schulleiterin.
Wir beide erhoben uns zur gleichen Zeit, sie mit dem
Stab, ich mit dem Dolch. Leos Dolch. Es war poetische
Gerechtigkeit, das Blut zu sehen, das von einem tiefen

Schnitt ihre Wange hinablief, verursacht durch den Dolch, den er mir gegeben hatte.

Ich umklammerte ihn fester. „Gib mir den Stab."

Sie trat einen Schritt zurück und warf einen Seitenblick auf Ryze am Boden. „Nein."

„Du bist bereit, für ihn zu sterben?"

Ihr Blick verengte sich. „Du willst mich töten?"

„Ich dachte, das wäre inzwischen offensichtlich."

„Dann tu es." Angst flackerte über ihr Gesicht, und sie presste ihre dünnen Lippen fast unsichtbar zusammen.

Sie hatte Angst, wie es sich gehörte. So wie Leo sie wahrscheinlich gehabt hatte.

Ich blickte auf den Stab in ihrer Hand hinunter, stark weißes Holz mit einem schwarzen Stein an einem Ende. *Der Equalizer besitzt unbekannte Kräfte*, hatte es im Buch des Grauen Steins geheißen. *Er bringt Licht ins Dunkel und Dunkel ins Licht*. Er hatte das Dunkel ins Licht gebracht, indem er den schwarzen Stein an sein Ende gesaugt hatte. Das war wichtig... irgendwie.

Du bist fast genauso wie ich, Dawn, hatte Ryze gesagt. Fast. Weil ich nicht getötet hatte. Wenn ich die Schulleiterin tötete, wäre ich genau wie er. Sie wäre dann tot, und das war es, was ich wollte. Oder? Nein, ich wollte Amaria noch mehr retten, und um das zu tun...

Ich schlitzte mit meiner Klinge ihren Hals auf. Ihre Augen weiteten sich und sie keuchte. Der Stab fiel aus ihrem Griff, aber ich fing ihn auf, bevor er den Boden berührte. Dann richtete ich ihn auf Ryze.

Ein mächtiges Licht explodierte aus dem Ende mit dem Onyx. Der Stein zerbrach. Das Licht umhüllte ihn und zog seine sich windende Gestalt näher. Das Licht verschlang auch mich und die Schulleiterin und brannte blendend weißes Licht in meinen Hinterkopf.

Der Equalizer bringt Licht ins Dunkel und Dunkel ins Licht.

Wir drei – wir waren alle dunkel.

Ryze und Schulleiterin Millington schrien, und eine weitere Stimme stimmte ein, ebenso gequält und schmerzerfüllt. Sie klang genau wie ich, aber ich hatte zu große Schmerzen, um irgendetwas darüber hinaus zu verarbeiten. Die Schreie verklangen, und dann... ein seliges Nichts trug mich fort.

Kapitel Acht

Alles, woran ich mich erinnere, ist, dass ich im Krankenflügel der Akademie aufwachte, mit fünf besorgten Gesichtern, die auf mich herabblickten. Sechs, wenn man Nebbles mitzählt, der neben meinen Füßen saß. Meine Eltern, Echo, Jon und Seph waren auch da, aber ich traute mich noch nicht, ihr wunderschönes Gesicht anzuschauen, weil ich wusste, dass ich dann zusammenbrechen würde. Ich musste zuerst eine sehr wichtige Frage stellen.

Ich leckte mir über die trockenen Lippen und bereitete mich auf eine möglicherweise unbefriedigende Antwort vor. „Ist er tot?"

Mein Vater senkte den Kopf über unsere verschränkten Hände, Tränen liefen über sein Gesicht. Ihn weinen zu sehen, brach mir immer das Herz und ließ es bluten. Ich stellte mir vor, dass alles, was er als Nächstes sagen würde, mich zu einer nutzlosen Hülle machen würde. Es konnte nicht gut sein. Seine Tränen kamen nie mit guten Nachrichten.

Mom legte ihre Hand auf seine Schulter, ihre blauen Augen leuchteten, als sie mich ansah. „Ja."

Ich sog scharf die Luft ein. „Aber?"

„Kein Aber, Dawn. Du hast ihn getötet. Du hast Amaria gerettet."

„Wirklich?"

„Du warst doch dabei. Erinnerst du dich nicht?", Echo stupste meinen Fuß an, ein breites Lächeln breitete sich auf ihrem Gesicht aus. Leichte Blutergüsse zeichneten noch immer ihren Körper, und ich würde später erfahren, dass sie fast bis zum Tod gegen Ryze gekämpft hatte, um den Stab von Sullivan festzuhalten. Jon hatte ebenfalls nur knapp überlebt und würde sich von da an überschwänglich bei meinen Eltern für seine Rettung bedanken.

„Ich erinnere mich...", ich schluckte schwer und streckte meine Hand nach Seph aus, ohne es zu wagen, sie anzusehen. Sie ergriff meine Hand mit beiden Händen. „Ich erinnere mich, dass ich eine Menge Hilfe hatte."

„Ich hab 'ne Katze Stöckchen holen lassen wie einen Hund. Das ist alles." Bei Nebbles' Fauchen fügte Seph hinzu: „Ja, Eure Majestät, ich werde mir den Mund mit Seife auswaschen für dieses schmutzige Wort."

Ich schloss die Augen beim Klang von Sephs melodischer Stimme und konnte kaum glauben, dass sie wirklich wieder bei mir war. „Wo ist er jetzt?"

„Schwebt immer noch in einer Kugel aus weißem Licht", sagte Jon. „Der Equalizer scheint nach dem Dunkelsten zu suchen, was er finden kann. Professor Lipskin glaubt, das Ministerium für Strafverfolgung wird ihn in eine andere Dimension schicken, aus der er nie wieder herauskommen wird."

„Schulleiterin Millington sitzt im Gefängnis", sagte Mom, ihre Stimme wurde hart.

Ich nickte und erinnerte mich, dass ich ihr nur den Hals aufgeschlitzt hatte, um sie aus der Fassung zu bringen, nicht um sie zu töten. Trotz dem, was Ryze gesagt hatte, war ich ihm überhaupt nicht ähnlich.

„Morrissey hat sich selbst dem Ministerium gestellt." Echo knackte mit den Knöcheln. „Ich hätte gerne gegen meine ehemalige Zimmergenossin gekämpft, aber vielleicht ist es gut, dass ich es nicht getan habe."

„Ja..." Hätte ich die Schulleiterin getötet, hätte ich zugelassen, dass meine Trauer mich erstickt, anstatt den

Mut zu finden, ihr direkt ins Auge zu sehen. Und genau das musste ich tun, nicht darin versinken, bis es zu einem Mord heranwuchs. Ich wollte immer noch, dass sie bezahlt, aber nicht durch meine Hand. Ich musste in Frieden mit meinen Eltern trauern, damit ich in allen wichtigen Bereichen frei sein konnte.

Die Tränen meines Vaters tropften auf meinen Arm, und ich drückte seine Hand fester.

„Geht's dir gut?", flüsterte ich.

Er atmete tief ein und nickte. „Ich bin erleichtert, so erleichtert, dass du hier bist und... Ich bin einfach so verdammt stolz auf dich, Dawn. Ich bin der glücklichste Vater überhaupt, eine so mutige Tochter wie dich zu haben. Ryze so gegenüberzutreten, ihn aufzuhalten... Es ist..."

Leichtsinnig. Dumm. Erschreckend. Das waren die Worte, die mir in den Sinn kamen.

„Demütigend", sagte Mom mit einem süßen kleinen Schulterzucken, ihr Kinn zitterte.

„Ich würde es wieder tun, nur für euch beide", hauchte ich. „Ich liebe euch."

„Dito, Kleines", würgte Dad heraus.

Echo erhob sich und wischte sich mit der Hand über die Nase. „Damit werde ich gehen und dich ausruhen lassen.

Ich heule vor Erleichterung am besten, wenn ich etwas schlage."

Ohne den Blick von Seph abzuwenden, stand auch Jon auf. „Ich werde direkt vor der Tür sein, falls du etwas brauchst."

Meine Eltern gingen ebenfalls, aber ich hielt Sephs Hand fest, als sie ihnen folgen wollte.

„Wage es ja nicht."

Sie kicherte, und die Ringe in ihren Ohren klimperten, eine Melodie, die ich mit jeder Faser meines Körpers vermisst hatte. Endlich sah ich sie an, und anstatt zusammenzubrechen, fühlte ich mich fast wieder ganz, als ob einer der wichtigsten fehlenden Teile meines Lebens gefunden worden und wieder an seinen Platz geklickt wäre. Lustig, wie eine Freundschaft zu etwas heranwachsen konnte, das ich mehr als Luft zum Atmen brauchte.

„Alles klar bei dir?", flüsterte ich.

„Ich..." Sie blinzelte auf ihren Schoß hinunter und holte tief Luft. „Ich habe Menschen getötet."

„Nein, das hast du nicht. Professor Wadluck hat dich im Schlaf wandeln lassen und dich kontrolliert. Du hattest damit nichts zu tun."

„Aber... meine Hände haben Dinge getan, an die ich mich nicht einmal erinnern kann. Ich habe den Stein aktiviert. Ich..." Sie schüttelte den Kopf, ihr Gesichtsausdruck gequält.

„Niemand gibt dir die Schuld. Wir wurden beide als Schachfiguren benutzt, und die Menschen von Amaria sehen das sehr deutlich." Hätten sie mir auch nur einen Hauch von Verurteilung gezeigt, wäre ich ziemlich sicher unter dem Druck und der Schuld, die ich mir selbst bereits auferlegt hatte, zusammengebrochen. Aber das hatten sie nicht. Es gab gute, anständige Menschen, und ich wollte mich unbedingt zur Abwechslung auf sie konzentrieren, anstatt auf die Mörder und Außenseiter, die sich mit Ryze verbündet hatten.

„Glaubst du... glaubst du, ich werde es irgendwann schaffen, mir selbst zu vergeben?", fragte sie.

„Ich bin mir sicher, dass du das wirst."

„Und was ist mit dir?"

„Es gibt nichts zu vergeben."

„Nein, ich meine, wie geht es dir?"

„Ich... weiß es noch nicht? Ich kann kaum glauben, dass es wirklich vorbei ist, und... ich bin auch unglaublich hoffnungsvoll."

Sie grinste. „Worüber?"

„Das Leben. Den Mut zu finden, es zu leben und das erste Studienjahr mit meiner Lieblingsmitbewohnerin neu zu beginnen."

Sie seufzte, ihre dunklen Augen schimmerten. „Das klingt nach der besten Idee, die ich seit langem gehört habe. Bist du sicher, dass du mich wieder ertragen kannst?"

„Ich fürchte, du wirst für immer mit mir festsitzen."

„Glück für mich. Aber die Nekromanten-Akademie? Jetzt, wo du nicht mehr auf Rache aus bist, könntest du dich an der Akademie für Weiße Magie einschreiben und—"

„Nein. Das bin ich jetzt. Eine dunkle Magierin, deren Magie auf Schwarz festgelegt ist." Ich zuckte mit den Schultern. „Die Farbe meiner Magie definiert mich nicht. Meine Entscheidungen tun es, und ich entscheide mich dafür, hier zu bleiben, wo ich das Gefühl habe, etwas Sinnvolles getan zu haben. Außerdem seid ihr, Jon und Echo hier, und..." Allein seinen Namen auszusprechen, belastete mein schweres Herz.

Sephs Blick verengte sich. „Was verschweigst du mir?"

„Ich... Irgendwie habe ich mich verliebt", flüsterte ich.

„Du meinst Ramsey. *Das wusste ich.*" Sie warf die Arme hoch und erschreckte dabei Nebbles vom Bett. „Ich konnte sehen, wie es direkt vor meinen Augen passierte."

„Was sehen?"

„Wie du dich in ihn verliebt hast, als du dir nicht mehr sicher warst, ob er deinen Bruder getötet hat. Und er... Nun, er war von Anfang an völlig vernarrt in dich. Die Art, wie er dich angesehen und sich um dich gesorgt hat, als du im Kerker eingesperrt warst... Es war offensichtlich, dass er in dich verliebt war."

Ich schloss kurz die Augen, während Erinnerungen durch meinen Kopf wirbelten – zuerst, wie ich ihn hasste, dann wie er mich nervte, und dann, unmöglicherweise, der Nervenkitzel einer einfachen Berührung.

„Da ist noch mehr." Ich sah sie flehend an. „Er ist gestorben. Ryze hat ihn getötet."

„Oh Götter, Dawn." Sie stieß einen zittrigen Atemzug aus.

„Aber nachdem er gestorben war, dachte ich nicht nach. Ich trennte seine Seele in sechs Steine, oder versuchte es zumindest. Ich habe mich gefragt, ob du sie aktivieren würdest, damit ich ihn vielleicht zurückbringen kann."

„Du weißt, dass ich das tun werde", sagte sie schlicht. Keine harten Urteile über die Gefahren der Seelentrennung oder Erinnerungen daran, dass es nach so kurzer Zeit vielleicht gar nicht möglich wäre. Nicht von ihr, meiner besten Freundin auf der Welt. „Ich war nicht wirklich anwesend, als ich den Onyx aktiviert habe, aber ich werde tun, was ich kann."

„Es wird nicht dasselbe sein wie bei Ryze. Ich weiß nicht, woher ich das weiß, aber ich weiß es einfach. Wenn es auch nur den geringsten Hinweis darauf gibt, dass es dir schaden könnte, werden wir nicht—"

„Wir werden es versuchen. Du verdienst eine Chance auf Glück, und wenn er dich glücklich macht, werden wir es versuchen."

„Das tut er, aber er ist nicht der Einzige." Endlich gab ich meinen Tränen nach und umarmte sie fest, eine Umarmung, die ich in nächster Zeit nicht zu lösen gedachte. „Ich habe dich schrecklich vermisst, und mein neues Lebensziel ist es, dich krank vor mir zu machen."

Sie kicherte, während sie sich an mich klammerte, ein tränenreiches, aber glückliches Geräusch. „Na dann, viel Glück dabei."

ES DAUERTE EIN PAAR TAGE, bis ich mental bereit genug war, jemanden außerhalb meines engsten Kreises zu sehen, geschweige denn Ramseys Seele wieder zusammenzusetzen. Ich wollte dafür in Topform sein, aber meine Energie nach der Schlacht ließ mich schleppend vorankommen. Ein Heilmittel dafür? Brot.

Die Magie hatte die Akademie schnell wieder zusammengesetzt, und die Wiederbelebten waren in ihre Gräber zurückgebracht worden. Wundersamerweise mussten wir zum ersten Mal niemanden beerdigen. Keiner von uns war gestorben.

Ich folgte meiner Nase zum Versammlungsraum, zusammen mit Seph. Der Duft von frisch gebackenem Brot lockte meinen knurrenden Magen. Obwohl der Eingangsbereich leer war, summte die Akademie vor aufgeregter Energie. Oder vielleicht waren das auch nur ich und meine Geschmacksknospen.

Als ich die geschlossenen Türen öffnete, explodierte der Versammlungsraum in lautstarkem Jubel. Der Raum war voll mit Magiern aller Altersgruppen, die standen und jubelten für – uns?

Seph und ich tauschten einen erstaunten Blick aus, aber tatsächlich waren es unsere Namen, die skandiert wurden. Das und „Heil den Steinzerstörern!" und „Helden von Amaria!" Sogar die Schädel in den Kronleuchtern stimmten mit ein.

Meine Eltern standen nahe der Tür und schienen am lautesten zu jubeln. In ihrer Nähe hatte eine Familie gekrönter Adliger, gekleidet in leuchtenden Farben und fast so schön wie Seph, Tränen in den Augen, während sie höflich klatschten.

Jon und Echo eilten an unsere Seiten mit energiegeladenen Grinsen, nahmen unsere Hände und rissen sie in die Luft. Der Jubel wurde noch lauter.

Ich stand unbeholfen da und nahm es in mich auf, obwohl ich hoffte, dass es bald enden würde. Als jemand, der sich im wörtlichen Sinne wohler dabei fühlte, in den Schatten zu verschwinden, fühlte es sich seltsam an, im Mittelpunkt der Aufmerksamkeit zu stehen, aber ich grinste und ertrug es. Amaria verdiente einen Grund zum Feiern und einen Grund zum Lieben, woran Jon uns im nächsten Moment erinnerte.

Er nahm Sephs Gesicht in seine Hände, neigte ihren Kopf zurück und küsste sie tief. Ihre ohnehin schon rosigen Wangen wurden noch röter, als sie den Kuss erwiderte. Mein Herz schwoll vor Freude für die beiden an, aber ich ertappte mich dabei, wie ich mir meine eigene Liebe wünschte. Wenn ich Ramseys Körper und Seele nicht vereinen könnte, würde ich je wieder so eine Liebe finden? Könnte ich es überhaupt tun, oder müsste ich tausend Jahre warten wie Ryze?

Als der Jubel endlich abzuklingen begann, fing Echo meinen Blick auf und nickte. Sie hatte die sechs Steine, die Katakomben hatten seinen Körper, aber hatte ich die Kraft? Nur ein Weg, das herauszufinden.

„WÜNSCHT MIR GLÜCK?", SEPH kniete neben den sechs Steinen, die auf dem Boden in den Katakomben lagen. Wir hatten bis später in dieser Nacht gewartet, lange nachdem die Feier geendet hatte.

„Viel Glück", flüsterten Echo und ich.

Jon schwebte über ihr und wischte sich die Hände an seinem Umhang ab. „Ich... ich wünschte, ich könnte dir helfen. Wenn etwas schiefgeht..."

Ich drückte solidarisch seine Schulter, obwohl ich bezweifelte, dass er besorgter war als ich. Seph schien überhaupt keine Angst zu haben.

„Diese Steine flüstern nicht zu mir", hatte sie uns versichert. „Sie machen mich nicht krank wie der Onyx, und ich kann mich ihnen nähern. Ramsey ist offensichtlich nicht wie Ryze."

Stimmt. Trotzdem umklammerte ich den Stab von Sullivan, als wäre er das Einzige, was mich aufrecht hielt.

Seph streckte die Hand aus und berührte ohne zu zögern den nächstgelegenen Stein. Er leuchtete hell auf und vertrieb die Dunkelheit in den Katakomben. Ich wagte kaum zu atmen, während ich meinen Blick auf Seph und den Stein gerichtet hielt. Er klebte nicht an ihrer

Hand, zog sie nicht an unsichtbaren Fäden hoch und ließ sie nicht schweben. Sie berührte den nächsten und den übernächsten, und sie leuchteten heller, als die restlichen aktiviert wurden. Ramseys Seele war so wunderschön, genau wie er. Es tat fast weh, hinzuschauen.

Seph lächelte zu mir hoch. „Du bist dran."

Eine seltsame Mischung aus Erleichterung und Qual verknotete sich in meiner Brust, und ich wandte mich Ramseys geschlossenem Sarg zu, den Echo bereits aus der Knochenwand gerollt hatte. Mein Blut rauschte laut und erinnerte mich daran, dass ich am Leben war und Ramsey nicht.

Ich holte tief Luft und erinnerte mich an die Worte, die ich gesprochen hatte, um Ryze zurückzubringen und die ich seitdem für genau diesen Anlass auswendig gelernt hatte.

„*O mors ego eieci te, Liga corpus et animam, Ut benedicat tibi terram hanc iuxta spiritum, Ad te redi vitae theloneo.*"

Als das letzte Wort in der Stille verklang, schob Echo den Deckel des Sargs weg, aber meine Füße blieben wie angewurzelt stehen. Wenn ich einen Schritt nach vorne machen und sehen würde, dass es nicht funktioniert hatte, würde ich in tausend Stücke zerfallen. Die Spannung ließ meine nächsten Herzschläge stocken, während ich wartete.

Dann weiteten sich Echos Augen. Gleichzeitig bewegte sich etwas im Sarg. Ich stürmte nach vorn, während sich mein Hals zuschnürte und Tränen in meine Augen stiegen.

Ich hätte warten sollen. Mein Magen drehte sich um, als ich auf das starrte, was von Ramsey übrig geblieben war – es waren schließlich drei Monate vergangen – aber was ich sah, veränderte sich vor meinen Augen. Haut bildete sich über den Knochen und füllte sich zu einem gesunden, jugendlichen Glanz. Sein dunkles Haar bekam einen lebendigen Glanz und fiel ihm über die Stirn. Ein tiefer Atemzug hob seine Brust, und dann flatterten diese intensiven gewittergrauen Augen auf.

Das Leben stand ihm gut. Aber war er okay?

Unfähig, diese Frage jetzt schon zu stellen, hielt ich den Stab hoch, damit er ihn sehen konnte. Seine Reaktion würde mir so viel verraten.

Seine Augen weiteten sich, als sie darauf fielen, und er schoss hoch, als hätte er die ganze Zeit nur geschlafen. „Dawn, du... Du hast ihn. Den Stab von Sullivan."

Ich nickte lahm, unfähig, meinen Blick von ihm abzuwenden. „Ich, äh... Jap."

„Und du..." Er fuhr mit der Hand über seine Brust und hielt über seinem Herzen inne. „Ich lebe. Du hast mich zurückgebracht."

„Ich würde es vorziehen, wenn du meine lebenslange Mitbewohnerin das nicht bereuen lässt", murmelte Seph.

Ein Lachen brach aus mir heraus, und es war, als wäre das der Stöpsel für all meine Zweifel gewesen. Ramsey schien wie immer alles von meinem Gesicht abzulesen, und dann sprang er aus seinem Sarg und eilte mir entgegen, als ich mich auf ihn stürzte. Tatsächlich schlug sein Herz, stark und sicher, und es schlug im Einklang mit meinem. Von jetzt an bis in alle Ewigkeit.

EPILOG

DAS NEUE SCHULJAHR AN der Nekromanten-Akademie hatte offiziell begonnen, und obwohl ich wieder als Erstklässlerin anfing, war ich noch nie so glücklich gewesen. Die Akademie hatte einen Zustrom von Schülern erhalten, aber Schulleiter Lipskin hatte alle reibungslos in den ersten Tag und darüber hinaus eingeführt. Echo hatte gesagt, all die neuen Schüler seien wegen mir und Seph da, den beiden Magiern, die endlich Ryze aufgehalten hatten, aber das glaubte ich nicht. Wir hatten hier zwar etwas Besonderes geleistet, aber vor allem hatten wir dazu beigetragen, die Vorstellung zu zerstreuen, dass Nekromanten gruselige, böse Magier ohne jegliches Konzept von Gut seien. Sogar die Leute im Dorf behandelten uns jetzt anders, nicht mehr ganz so verächtlich.

„Umbra deambulatio", murmelte ich und nahm die offene Totenhand in meiner Tasche.

Der Unterricht war für heute beendet, und es war höchste Zeit für meine Dosis Ramsey. Schüler und Professoren hielten mich oft für irgendetwas auf oder wollten meine Meinung hören, also war Schattenwandeln der einfachste und schnellste Weg, ihnen auszuweichen. Nicht, dass ich das immer tat, nur wenn ich ein bisschen Privatsphäre brauchte.

Ich schlängelte mich die Treppe der Jungs hinauf zum Wohnheim der Abschlussklasse, während die Essensgerüche aus dem Gemeinschaftsraum durch mein Schattenselbst vibrierten. Ziemlich skandalös – eine Erstklässlerin und ein Abschlussschüler. Nur ein Scherz, war es nicht. Jeder wusste, warum ich ein Jahr wiederholte und dass Ramsey sein Vorabschlussjahr problemlos zu Ende bringen konnte. Niemand sagte ein Wort über unsere seltsame Beziehung oder die Tatsache, dass ich versucht hatte, ihn zu töten. Was, nebenbei bemerkt, genau ein Jahr her war.

Ohne anzuklopfen, schlängelte ich mich unter seiner Tür hindurch und fand ihn an seinem Schreibtisch sitzend vor, die Feder in der Hand. Ich liebte es, ihm beim Lernen zuzusehen und seinen Verstand arbeiten zu sehen. Ich liebte alles an ihm, einschließlich seiner Familie, die ich vor ein paar Tagen kennengelernt hatte. Es ging ihnen jetzt viel besser, seit der Stab von Sullivan/Equalizer zu ihnen zurückgekehrt war. Seine beiden kleinen Schwestern vergötterten ihn, und das Gefühl beruhte ganz auf Gegenseitigkeit. Ihre Beziehung erinnerte mich an meine und Leos, was mein Herz gleichzeitig anschwellen und schmerzen ließ, aber... es wurde besser. Zeit, Freunde und meine Eltern halfen alle ein bisschen, seinen Verlust jeden Tag ein kleines Stück zu füllen.

„Hmm, ich spüre eine Präsenz. Wer das wohl sein könnte?", sagte er und tauchte seine Feder ins Tintenfass.

Seine Stimme umhüllte mich mit ihrer Wärme und zog mich näher.

„Wahrscheinlich jemand, den ich vermisst habe. Jemand, dessen Schattenmagen knurrt und ein Messer in ihrem Stiefel hat."

Ich wand mich die Stuhlbeine hoch und kroch über seinen Schoß, seine Brust hinauf und hielt an seinen Lippen an. Schließlich nahm ich wieder Gestalt an, bereits rittlings auf ihm sitzend. Meine Kühnheit überraschte mich, aber wir waren schon über das Küssen hinaus zum Berühren übergegangen. Viel, viel Berühren. Ich gierte danach, wie ich nach Rache gegiert hatte, aber mein Verlangen nach ihm war stärker.

Er beugte sich vor und fing meinen Mund ein, und ich gab ihn bereitwillig mit einem sengenden Kuss frei. Mein Umhang und Kleid waren bis zu meinen Knien hochgerutscht, und er strich sie mit einem Stöhnen noch höher.

„Ich wusste schon immer, dass du mein Tod sein würdest", knurrte er, „und jetzt bist du hier, kletterst auf mich drauf, um mich endgültig zu erledigen."

„Funktioniert es?", fragte ich, kaum dass ich unseren Kuss unterbrach.

„Sehr gut sogar. Es erinnert mich an etwas. Warte." Er stand auf, mich immer noch um ihn geschlungen, und trug uns beide zum Bett, wo er sich unter mich gleiten ließ. „Jetzt erinnert mich das an etwas. Heute vor einem Jahr."

„Du hast dich erinnert. Nur dass ich statt meines Dolches jetzt meine Lippen an deinem Hals habe", murmelte ich und küsste mich seinen Hals hinunter. „Ist es seltsam, dass wir das feiern?"

„Ist es das, was man so nennt? Feiern?"

„Ja." Ich lehnte mich zurück und starrte ihn an. „Wir feiern, dass du am Leben bist."

„Und wir feiern, dass du Amaria gerettet hast. Meine Familie gerettet hast. Mich gerettet hast." Er strich mein kohleschwarzes Haar aus meinem Gesicht. „Ich werde den Rest meines Lebens damit verbringen, dir zu danken."

„Willst du jetzt damit anfangen?" Er hatte mich schon so besinnungslos geküsst, dass ich das Bedürfnis meines Magens nach Brot vergessen hatte, eine magische Leistung, wenn es je eine gab.

„Gerne." Er drückte sein warmes Lächeln gegen meine Wange, sein Atem entfachte unsere Zukunft, die so viel heller war als meine schwarze Magie. Außerdem balancierte er, wie der Stab von Sullivan/Equalizer, meine Dunkelheit aus.

Mit ihm und meinen Freunden hatte ich keine Angst vor dem, was kommen würde. Ich hatte einen Zweck, der größer war als Hass oder Rache, und im Moment war dieser Zweck das Leben.

Über den Autor

Lindsey R. Loucks ist eine preisgekrönte *USA Today*-Bestsellerautorin für paranormale Liebesromane, Science-Fiction und zeitgenössische Liebesromane. Wenn sie nicht mit jemandem, der zuhört, über Bücher spricht, erfindet sie ihre eigenen Geschichten. Irgendwann gibt ihr Gehirn auf und sie spielt Verstecken mit ihrer Katze, fällt ins Schokoladen-Koma oder schaut sich alleine im Dunkeln Gruselfilme an, um neue Kraft zu tanken.

www.lindseyrloucks.com/deutsch